C. Kindt

Eisiges Camp
1. Auflage

Copyright 2021 Christoph Kindt
ISBN Taschenbuch 978-3-347-25544-9
ISBN e-Book 978-3-347-25545-6

Kontakt
www.christophkindt.de
c.kindt@posteo.de
Instagram @christophkindt

Herausgeber
CKMW Literatur & Photographie
Michael Wedekindt, Alex.-Pachmann-Str. 4g, 85716 Unterschleißheim

Verlag & Druck
tredition GmbH, Halenreie 40-44, 22359 Hamburg

Bildnachweis
Profilfoto: Jens Müller | www.radicaleye.de
www.pexels.com
Hintergrund Mond mit Berg: Nikhlesh Tyagi
Vordergrund Bäume mit Schnee und Hügel: TomTookit

Gestaltung
CKMW Literatur & Photographie
www.ckmw.photography

Korrektur
Dr. D. Baum

Zum Buch

Ein langes Wochenende in einer wunderschönen Winterlandschaft verbringen, für sich sein, feiern und Abenteuer erleben, das hatten sich die sechs Freunde vorgestellt, als sie an einem kleinen verschneiten Campingplatz – Mitte der Neunziger – in der tiefen Wildnis von Schweden ankamen.

Fernab von jeglicher Zivilisation ereignen sich schon in den ersten Tagen seltsame Dinge, doch sie lassen sich davon nicht beirren, bis sie Zeugen einer menschlichen Tragödie werden.

Aus ihrem Alltag geschleudert, gefangen und eingeschlossen, noch paralysiert vom Entsetzlichen, versuchen sie dennoch alles, um das Camp hinter sich zu lassen – und der allgegenwärtigen Gefahr des Todes und der Qual zu entfliehen und sich zu retten. Doch welcher Weg zurück ist der richtige? Der, den sie anfangs gekommen waren, oder ...?

Sie werden es bald erfahren, wenn, ja, wenn man sie lässt.

Christoph Kindt

Eisiges Camp

Mystery

Prolog

Dieser Wald. Undurchdringlich und weit ergießt er sich über das Land. Wenn man ein Vogel wäre, könnte man Stunden fliegen und käme doch nicht an sein Ende. Es ist eine Flut, beschützt von Gebirgen, wie Mauern, die nichts einzureißen vermochten. Tief und dunkel darbt er da. Alles aufsaugend, verschlingend, was sich in ihn hineinwagte, um es nie wieder zu entlassen. Etwas ist in jenem Gehölz, seit Jahrhunderten, Jahrtausenden oder gar länger. Götter sollen in jenem Wald hausen, so schrieben es die Chronisten, die sich wagten, hierherzukommen, um das Heidnische zu christianisieren, die Naturvölker, die jene Götter anbeteten, die zu diesen Bewohnern sprachen.

Jedoch geriet über die Zeit alles in Vergessenheit. Jene Chroniken vermoderten, verbrannten, verschwanden. Ausgelöscht aus dem Bewusstsein, verscharrt tief in einem Erdloch. Mitgenommen ins Grab der Menschen, die nicht mutig genug waren, weiter über die Grenze zu wandern, als es die gepfählten Toten ihnen rieten und nur das Gehörte von Mund zu Ohr zu berichten hatten.

So verhungerten die Geister im Verlauf der Zeit. Gingen ein. Verwelkten. Bis zu jenem Tag, an dem der Vogel hoch über ihren Kronen, den Kronen der Könige, flog und mit seinen scharfen Augen das sah, was lange niemand zu sehen vermochte.

Schreiend stürzte er hinab, landete auf einem Ast und beobachtete den Moment, in dem Sarah mit den Händen panisch die Äste beiseiteschob, die im

Anschluss wie kleine Peitschenhiebe in ihr hübsches, puppenhaftes Porzellangesicht schlugen.

Blut floss ihre seidenweißen Wangen hinab und färbte die Haut dunkelrot. Ihre pechschwarzen langen und glatten Haare waren mit Schnee bepudert.

Die Kommandos ihres Freundes Emil hallten ihr immer noch in den Ohren, die Befehle, die sie aufforderten zu rennen, so schnell sie konnte, weg von diesem schrecklichen Ort. Sein Flehen ihn loszulassen, sein Betteln und das Verhandeln um sein Leben kreisten in ihrem Kopf.

Angstvoll stöhnte und quiekte sie, während sie sich weinend und orientierungslos durch den Wald kämpfte. Ihre Tränen erstarrten augenblicklich zu kleinen Eiskugeln, um gleich darauf zu Boden zu fallen.

Ihr Atem quoll dampfend aus ihrem Mund.

Hechelnd rang sie mit jedem Schritt, um so mit letzter Kraft weiterlaufen zu können. Orientierungslos lief sie barfuß im Schnee, die Angst kroch in ihr hoch.

Ihre Zehen, schwarzblau und eisig kalt.

Ein heller leuchtender Fleck erschien in ihrem rechten Augenwinkel. Ein Klecks, der sie anzog, wie eine Motte das Licht und sie schwenkte stolpernd in jene Richtung, um aus dem vermeintlichen Labyrinth des Schreckens entkommen zu können.

Geäst brach und sie rannte weiter, in den wärmenden, heilbringenden Schein der wohligen Hoffnung.

Ihre Augen, völlig an die Dunkelheit des Waldes adaptiert, wurden nun unerwartet mit Reiz und Schmerz überflutet, als sie aus dem Schatten des Dickichts trat. Sarah schützte ihre Augen mit der Hand. Langsam wich der stechende Schmerz und sie erkannte, dass sie scheinbar vor dem Ende der Welt stand.

Eine Schlucht tat sich vor ihr auf. Wand sich durch den felsigen Grund, rauschend schoss Wasser durch die Enge in der Tiefe, die schier bodenlos anmutete und sich seit tausenden Jahren beständig eingeschnitten, ja fast schon gefressen hatte.

Mit dem letzten Schritt stoppte sie. Spitze Kiesel bohrten und schnitten sich in ihre Fußsohlen, Steine und Schnee glitten raschelnd den Abhang hinab. Kies und Eis wandelten den Untergrund zu einer rutschigen Todesfalle.

Sie wusste weder ein noch aus und blieb in ihrer Schockstarre einfach stehen. Schwer atmend pumpte sie Luft in ihren brennend rasselnden Brustkorb.

Eine kalte leblose Berührung an der Ferse?

Ein Zischen im Hintergrund? Erschrocken drehte sie sich nach dem um, was ihre Aufmerksamkeit auf sich zog.

Sarah kreischte mit ihrer hohen Stimme kurz auf und rannte ziellos weiter. Immer direkt entlang, am Rande der Waldung, rechts hundert Meter senkrechter Abgrund, links dunkler furchteinflößender Wald, der sie verschlingen mochte.

Ängstlich und kopflos, nur noch durch ihren Fluchtreflex getrieben hetzte sie achtlos weiter.

In Zeitlupe sah sie langsam immer weiter über den Rand der Schlucht. Bäume schwangen sanft am Grund der Senke. Stille und ein innerer Frieden legte sich um ihre Schultern.

Ihr Blick wandte sich allmählich der Felswand zu und ehe sie begriff, was geschehen war, sah sie bereits auf die Abbruchkante über sich, die fortwährend immer weiter und weiter in die Ferne schwebte.

Die Wurzel, über die sie gestolpert war, hatte sie nicht bemerkt.

Ihr Atem stockte. Nun fiel sie.

Vier Sekunden.

Sekunden, die genügten, um über vieles nachzudenken.

Ihren Freund.

Ihre Familie.

Sich Vorwürfe zu machen und sich wieder zu verzeihen.

Bis kurz vor dem Moment als ihr Körper auf den Felsen zerschmetterte.

Tag eins

Schwer lag der Schnee auf den Kiefern. Leidend unter ihrer Last ächzten die Stämme, hing das Astwerk schlapp und müde glitzernd in der Sonne, die fast aus ihrem Zenit, nur wenige Grad über dem Horizont, ihre meiste Wärme spendete, um dann ab und an schlagartig den Ballast aus den Bäumen zu nehmen.

Das dumpfe Fallen war das Einzige, was man vernehmen konnte, wo sonst nur kalte Ruhe die Nadelbäume durchzog.

„Kommt, es sollte nicht mehr weit sein", motivierte Paul seine Kameraden, die knietief versunken versuchten, sich im Schnee durchzukämpfen.

„Bist du dir sicher, dass wir an der richtigen Stelle sind?", fragte Samara außer Puste.

Die Gegend taxierend blickte Paul den Hügel hinauf, um sie mit einer alten Faltkarte zu vergleichen. Immer wieder zeichnete er die Konturen der Umgebung mit dem Finger in seiner Karte nach.

„Ja, das muss gleich dahinter sein", antwortete Paul und zeigte zu einer markanten Baumreihe auf einem kleinen Kamm über ihnen. Hochgewachsen ragten die Bäume in die Höhe, standen im Kontrast des mit Federwolken gemalten königsblauen Himmels da, stolz wie ritterliche Torwächter zu einem fremden Land. Flankiert von ihren Knappen unterstützt in ihrer Aussage, hier ist eine Grenze, ein Tor, ein Übergang. Vergesst nicht, ihr betretet nun unser Reich.

„Und was ist, wenn es da nicht ist?", fragte David, der zum Ausruhen auf einem umgefallenen

Baumstamm saß.

„Dann sterben wir David", entgegnete Paul nüchtern und ohne ihn eines Blickes zu würdigen.

Tiefer unten am Hang stand Elisabeth und schaute zu Paul hinauf. Müde der langen beschwerlichen Wanderung.

„Schatz, lass uns bitte eine kurze Pause machen, seit Stunden stampfen wir querfeldein durch die Pampa. Ich kann nicht mehr."

„Ich bin auch dafür", schob Robert ein, umarmte dabei Samara wärmend von hinten und gab ihr einen Kuss auf die Wange.

Samara genoss die Zärtlichkeit ihres Freundes. Gefühlvoll streichelte sie seinen Arm.

Paul gab nach.

„Okay. Dann lasst uns zehn Minuten Pause machen, aber wir sollten zum Camp kommen, bevor es dunkel wird. Wir müssen noch einiges vorbereiten, wenn wir da sind", mahnte er.

David gab Christian einen Fist-Bump und half ihm den Tracking-Rucksack abzunehmen, um sich im Anschluss zwischen die Vorräte auf seinen Transportschlitten zu schmeißen, den er bereits die ganze Zeit hinter sich herzog.

„Wäre es nicht doch besser gewesen, wenn wir dem Forstweg weiter gefolgt wären?", hinterfragte Samara müde. Paul wandte sich zu ihr und verdrehte leicht genervt die Augen.

„Du hast doch gesehen, dass der Weg für die Autos unpassierbar war und wir es gerade noch so halbwegs mit den Dingern zum Parkplatz geschafft haben. Der Typ meinte es ist gleich hinter dem Hügel da. Direkt quer sollte es schneller sein, als den schlängelnden Weg zu nehmen."

„Ich hoffe, du hast Recht", sagte Samara und knetete sich ihre gefrorenen Hände.

Paul beachtete sie nicht weiter und machte sich indessen auf den Weg, den Hügel weiter zu erklimmen.

„Ich schau nur kurz, ob ich von oben schon etwas erkenne."

Die Luft war schneidend kalt. Mit jedem Atemzug schien sich Pauls Hauch direkt wieder in kleine winzige Kristalle zu verwandeln, die hinabrieselten. Auf dem Kamm angekommen blickte Paul in die ausgedehnte Ebene und erspähte in einiger Entfernung ihr Ziel. Ein Stein fiel ihm vom Herzen. So war er froh und zuversichtlich, dass sie es noch rechtzeitig vor dem Einsetzen der Dämmerung schaffen könnten.

„Auf geht's!", scheuchte Paul seine Freunde wieder auf. „Wir sind gleich da. Ich kann die Wohnwagen bereits von hier aus sehen, vielleicht noch dreißig Minuten bis dahin."

Die Gruppe mühte sich beim Aufstehen und begann sich auf den Weg zu machen, um die restliche Etappe zu meistern.

„Wo siehst du was?", fragte Christian als er neben Paul auf dem Hügel angekommen war. Christian überblickte die schneebedeckte weite Fläche des kleinen Hochtals und versuchte, im Einheitsweiß auch nur die Spur eines Lagers zu entdecken.

„Ich sehe nichts", ätzte er und gab entnervt auf.

„Na da hinten, bei den Bäumen am Waldrand, das sind die Wohnwagen", zeigte Paul auf eine Stelle eines entfernten Waldes, der eine kleine Einbuchtung hatte, in dem die Anhänger U-förmig angeordnet standen. Es waren nicht mehr als ein paar dunkle Flecken auf einem hellen Areal, eingedeckt und begraben unter viel gefrorenem Wasser.

„Du willst mich verarschen, die sehen ja ziemlich eingeschneit aus." Christian hatte sich das offenkundig anders vorgestellt. Nicht glauben wollend, was er sah, wollte er genauer hinschauen und schützte dabei seine Augen mit der Hand vor der Sonne.

Paul grinste.

„Ja, sieht ziemlich danach aus. Es gab die letzten Tage einige Meter Neuschnee".

„So eine Scheiße!", schrie Elisabeth. „Ohne Schneeschuhe ist das echt keine Freude hier durchzukommen."

„Es konnte ja auch keiner ahnen, dass wir dahinlaufen müssen", erwiderte Robert sarkastisch.

„Schneeschuhe sind vor Ort", versuchte Paul die Gemüter zu beruhigen. „Zumindest hat der Typ das versprochen."

Robert ärgerte sich dennoch über die Situation.

„Da bringen sie uns reichlich wenig!", motzte er. „Ich bin heil froh, wenn wir endlich da sind."

Alles Meckern half nicht, den Freunden blieb nichts weiter übrig als die Situation so zu akzeptieren, wie sie nun mal war und gingen weiter. Sie liefen und liefen, nur wollten die Trailer nicht näherkommen. So blieben sie eine lange Zeit nur weit entfernte dunkle Flecken.

***

Paul hatte die Zeit maßlos unterschätzt. Mehr als eine geschlagene Stunde benötigten die Freunde, durch die Wildnis zum Camp. Mittlerweile schickte sich die Sonne an, hinter dem entfernten Gebirge und den Bäumen zu verschwinden.

Pauls Angst vor dem hereinbrechenden Abend, war seinem hektischen Verhalten deutlich anzumerken.

„Leute! Ranhalten, wir müssen die Camper freiräumen und sie schon mal vorheizen."

Christian und David ließen unterdessen den Gasgenerator gemeinsam mit den Schneeschaufeln herunter, die zum Schutz vor dem Einschneien in die Baumkronen hochgezogen waren und machten alles einsatzbereit.

„Dahinten bei der roten Stange muss das Gas sein. Buddelt das als nächstes aus", ordnete Paul an und zeigte am Rand des Waldes auf einen rot angemalten Stab, dessen Spitze nur über die Schneelinie ragte. „Der Vermieter meinte, er hätte im Herbst genug Gas für zwei Wochen eingelagert."

„Schmeißt uns mal eine Schaufel rüber", forderte Robert. „Wir fangen schon mal an zu graben."

„Es reicht erstmal, dass wir reinkommen und gebt bitte acht, dass die Kamine ordentlich frei sind", wies Paul an.

Angespornt durch Pauls Eifer, beeilten sich alle sechs Freunde, packten gemeinschaftlich an, vereinten ihre Kräfte und bereiteten alles für den ersten gemeinsamen Abend vor. Ihre Beschäftigung ließ nicht ab und so benötigten sie eine weitere Stunde, bis sie sich nach vollendetem Tagwerk endlich, erschöpft, aber zufrieden, gemütlich zum Abendessen im mittleren Wohnwagen zusammen setzen konnten.

Außerhalb sank die Temperatur spürbar, als die Sonne bereits lange hinter den Bergen abgetaucht war. Die violett-blaue Dunkelheit brach allmählich über den Platz herein. Das Schwarz der Nacht schob sich tiefer zum Horizont. Nach und nach erstrahlten die hellsten Sterne als kleine Punkte, gestochen scharf, durch die kalte klare Luft.

Rustikal, so konnte man es positiv beschreiben. Die fünfundzwanzig Jahre Gebrauch sah man dem Wohnwagen deutlich an. Die Innenausstattung, in Holz vertäfelt. Die Sitzbezüge mit dicken Knöpfen und mit Cord-Stoff bezogen, die Lampen und Gardinen hätten auch gut von den Großeltern ausgesucht worden sein können.

David öffnete in einer kleinen Kochecke mit einem Dosenöffner Gulaschsuppe, die sie extra für den ersten Abend mitgenommen hatten.

In der Sitzecke lümmelnd beobachtete Robert entkräftet den Sous-Chef bei seiner Tätigkeit, während er seinen Bauch streichelte.

„Mensch, das war echt anstrengend heute. Das Essen haben wir uns redlich verdient."

„Bei deiner Wampe hättest du ruhig noch was tun können", ärgerte Elisabeth Robert zurück.

Robert warf einen, nicht ganz ernstgemeinten, bösen Blick zu ihr und setzte sich erneut aufrecht und ordentlich hin, als er feststellte, dass sein Bauch unter seinem T-Shirt etwas hervorschaute.

„Haha Ella", entgegnete er ihr darauf und rückte sein Shirt zurecht.

Schwungvoll schöpfte David mit der Kelle die Suppe auf, warf sich ein Handtuch elegant über seinen linken Unterarm und servierte in übertriebener Kellner-Manier das Essen.

„So, hier! Das leckere Dosengulasch für euch. Bon Appetit!"

„Oh Gott!", entsetzte sich Samara. „Was ist das? Hundefutter?"

„Halt die Schnauze und iss", erwiderte David herablassend.

So ganz zufrieden war Elisabeth mit dem Essen wohl auch nicht, was man daran erkennen konnte, dass sie mit ihrer Gabel zweifelnd nur herumstocherte.

„Das sieht mir jetzt nicht vegan aus. Wer kam denn bloß auf diese blöde Idee mit dem Fleisch?"

David ignorierte ihren Kommentar geflissentlich, während die Freunde laut lachten.

Daraufhin holte Robert seinen dicklichen Bauch erneut unter dessen Shirt hervor und formte aus dem Nabel einen Mund.

„Na da bekomm ich aber Appetit", tat Robert mit tiefer Stimme so, als ob der Bauchnabel sprechen würde können.

„Hast du auch Hunger, Robert?"

„Na klar!", antwortete er sich selbst zu seinem Bauch.

„Du bist so widerlich!", rief Elisabeth und klatschte dabei ihre Fingerspitzen auf seine Haut, als Zeichen, dass er den Speck gefälligst wegpacken sollte und wendete sich abgeschreckt von ihm ab.

Christian war nach der anstrengenden Anreise wieder sichtlich entspannter und begutachtete die Verarbeitung der Inneneinrichtung.

„Nicht schlecht, dass du diese Wohnwagen aufgetrieben hast. Das ist mal ein anderes Wochenende, als ständig in der Hektik der Stadt oder an anderen Touristenfallen zu sein."

„Ja, das hatten Ella und ich schon länger vorgehabt", äußerte sich Paul stolz. „Nur alleine mochten wir das auch nie machen ...", wollte Paul in diesem Moment weiter zu seiner Geschichte ausholen, da ließ er sich ablenken, als David sich soeben an dessen Rucksack zu schaffen machte und eine Flasche Branntwein hervortat.

„Tada!"

„Oh, super!", rief Robert erfreut und riss sie ihm augenblicklich aus der Hand, holte die Schnapsgläser aus einem Regal und öffnete geschwind die Flasche, um allen Anwesenden als gleich den Korn einzugießen.

Entsetzt schauten die Frauen auf den Tisch, wie Robert ohne Rücksicht die Gläser füllte und dabei einiges daneben ging.

„Ey! Nicht so viel Robert", rief Samara. Doch er ließ sich davon nicht beirren und goss fleißig weiter ein. Der Tisch schwamm förmlich, alle griffen beherzt zu.

„Hoch die Gläser", forderte David, „und auf ein tolles Abenteuerwochenende", vollendete er gleich darauf den Toast.

„Auf uns!", antworteten alle zeitgleich. Und so klirrten die Gläser in der Luft, als die Freunde anstießen.

„Was ist denn der Plan? Wohin gehen wir die nächsten Tage?", fragte Elisabeth neugierig. „Du hast doch bestimmt schon alles durchdacht, wie ich dich kenne."

Paul lachte.

„Ich habe vor, morgen mit euch zu einem Eiswasserfall zu wandern und übermorgen die Spöke Gorge zu erkunden."

„Die was?", hakte Robert verwundert nach.

„Die Geisterschlucht", erklärte Paul.

„Ui, Geisterschlucht. Kling gruselig", sagte Elisabeth gespannt.

„Die Geisterschlucht soll genial sein. Kleine Stege, die oben in der Felswand hängen und einen Rundgang erlauben", beschrieb Paul die Gegend. „Nur ist sie eigentlich in den Wintermonaten gesperrt."

„Eigentlich?", fragte Samara verwundert.

Paul druckste.

„Naja, in den Wintermonaten kommt in der Regel sowieso keiner hin. Und gesperrt ist sie, weil es da ... ein klitzeklein wenig ... gefährlich sein kann ... dort herum zu klettern", ergänzte Paul kleinlaut.

„Okay ...?!"

Ihre Gesichtszüge entgleisten.

„Es geht schon. Wenn wir vorsichtig sind", versuchte Paul mit einem Lächeln Samara zu beschwichtigen. „Wir nehmen die Schneeschuhe und machen eine gemütliche Wandertour. Es ist nicht weit und du wirst sehen, es lohnt sich. Garantiert!"

Samara quälte sich ein müdes Lächeln ab. In Pauls Worte, konnte sie kein richtiges Vertrauen finden und nestelte unsicher an ihrer Serviette herum. Robert stieß Samara mit seinem Ellenbogen an, um sie aus ihrer Lethargie zu befreien und sie aufforderte, Spaß zu haben und sich nicht unnötig über den Ausflug Gedanken zu machen. Ein Kuss von Robert hellte ihre Laune endlich auf und sie konnte gedanklich von der Schlucht und ihrer vermeintlichen Gefahr Abstand nehmen. So wurde nun jeder von der Stimmung mitgerissen, konnte sich nicht verwehren, sich verweigern und entgegenstellen.

Die Alkoholflaschen leerten sich in einem kreisenden, symphonischen Rhythmus, eines Neunzigerjahre Mix-Tapes, der sich aufschwang bis zu seinem Höhepunkt, der jäh zu einem Delir abbrach, alles in sich aufsaugte und sich in einem Einheitsbrei vermischte.

Der rauschende Einstand fand bald seinen Anfang vom Ende, der in einem schwankenden „gute Nacht" von Robert mündete der sich, umarmt mit Samara, in der Tür stehend verabschiedete, aus Pauls und Elisabeths Heim, um in ihr zeitweiliges neues Quartier für die Nacht zu gehen.

Der Frohsinn war für heute aufgebraucht und so entschlossen sich Christian und David, kurz darauf, die restliche Nacht nicht auch noch weiter zu strapazieren und empfahlen sich ebenfalls in die Nacht. Nun konnte es Paul nicht schnell genug gehen, dass seine restlichen Gäste ihn und Elisabeth allein ließen. So drängelte er sie förmlich unfreundlich aus der Tür.

„Wann wollt ihr aufstehen?"

„Wie weit ist es denn morgen?", stellte Christian leicht lallend die Gegenfrage.

„Nicht sehr weit. Der See ist gut zwei Stunden entfernt. Wie gesagt, der gefrorene Wasserfall, soll krass sein."

„So krass wie sich mein Kopf anfühlt? Dann sollte halb neun reichen", antwortete Christian.

Paul winkte und bestätigte die Entscheidung, ging mit Elisabeth in den Wohnwagen und schloss die Tür hinter sich.

Dunkel lag der kurze Weg vor Christian und David, mutete für sie an eine unüberwindbare Barriere zu sein. Frischer Schnee hatte sich mittlerweile über die mühselig freigeschaufelte Furche gelegt. Ausschließlich der gelbgrüne Schein aus dem mittleren Wohnwagen gab ihnen ein kleines

Gefühl, in welche Richtung sie gemeinsam gestützt gehen mussten.

„Schau dir die zwei mal an", amüsierte sich Samara köstlich, die mit Robert im Arm noch den klaren Sternenhimmel bestaunt hatte, wie Christian und David versuchten sich in ihre Unterkunft zu mühen. Schritt um Schritt schaukelten sie den Weg entlang und fielen mehrmals in dem kalten Schnee übereinander.

Christian schimpfte mit David. David schimpfte mit Christian. Dann lachten sie gemeinsam, halfen sich wieder auf, bis sie es irgendwie, glücklich und ohne größere Blessuren schafften, den Weg zu bändigen.

„Ob sie es morgen überhaupt rausschaffen?", fragte Samara belustigt.

„Die werden so einen Kater haben", antwortete Robert, hielt für Samara die Tür, während sie versuchte in den Wohnwagen zu steigen und kniff ihr in einem günstigen Moment in ihren Hintern, um hinterher animalische Geräusche zu erzeugen.

„Hihi", kicherte Samara. „Lass das!"

Robert kläffte hinter ihr als er direkt in den Caravan stieg und die Tür zu zog. Samara lachte erneut laut auf, während Robert deutlich hörbar und lüstern über sie herfiel.

Vom Wind herübergetragen drangen die Töne der Lust zu Elisabeths Ohr.

„Oh man", rief sie genervt. „Jetzt müssen wir den beiden noch beim Sex zuhören. Ich will schlafen", jammerte sie weiter.

„Das ist doch bei Robby in zwei Minuten vorbei", beruhigte Paul sie grinsend, schmiegte sich an ihren warmen Körper und legte seinen Arm zum Schlafen um sie. Beide gaben sich gegenseitige Gute-Nacht-Luftküsschen und fielen, im Hintergrund begleitet von Samaras freudigem Quieken alsbald in einen dösigen Dämmerschlaf.

***

Zu dreiviertel gefüllt, so zog der Mond, bedächtig aus seinem Tagesquartier und über den Wald hinweg, tauchte die Gegend in einen graufahlen Lichtschein. Die Schatten der Bäume wanderten mit dem Trabanten um die Wette. Gestochen scharf leuchteten die Sterne zu Boden. Reihe um Reihe tanzte das Geäst der Nadelbäume. Wirbelnd fegte der Wind ab und an Schnee von den Bäumen und Dächern, der sanft zu Boden glitt.

Paul schrak unerwartet auf.

„Oh, Mist, wie spät?", fragte er sich selbst. „Mein Schädel! Wasser! Ich muss was Trinken", waren gerade seine einzigen Gedanken, getrieben durch seinen Rachen, der sich anfühlte wie eine Wüste. Trocken, rau und entzündet. Paul stand auf, nahm einen großen Schluck zu sich und schaute auf die Uhr.

Resigniert ließ er die Arme wieder fallen.

„So eine Kacke, gerade mal drei Uhr". Innerlich ärgerte sich Paul darüber, dass, wenn er zu viel getrunken hatte, er immer nach wenigen Stunden ohne sein Zutun aufwachte.

Akut machte sich Druck in seinem Unterleib

breit, bevor er sich wieder zu Elisabeth ins Bett kuscheln konnte. Der Campingwagen schwang gefährlich für ihn hin und her, wie ein Schiff im Sturm auf offener See. Die Toilette von Thetford, seine rettende Kajüte, sein Anker, an dem er sich festsetzen konnte, den Wellengang zu ertragen, bevor er wieder versuchte, mit seinem dröhnenden Brummschädel pendelnd ins warme Bett zurück zu gelangen und erneut einzuschlafen.

Die Sekunden tickten unaufhörlich, zählten die Zeit, dehnten sie wie Sirup, angeschwollen zu gefühlten Stunden.

Paul fuhr abermals hoch, als er, offenkundig außerhalb des Wohnwagens, etwas knirschen hörte. Vorsichtig lupfte er die Gardine an und schaute aus dem Fenster. Der Mond hob sich deutlich vom Firmament ab und schaute ihm, mit müdem Blick entgegen. Die Bäume bildeten ein Wirrwarr aus Schatten und lichten Flecken. Der Pulverschnee glitzerte graublau, verstärkte die gespenstische Ruhe. Draußen war für Paul nichts zu erkennen, was ihn hätte wecken können, tat die Geräusche gedanklich mit Wind und Tieren ab und legte sich erleichtert wieder zu Elisabeth kuschelig unter die Decke.

Tick auf Tick der Uhr sog ihn die Müdigkeit ein und Paul glitt in einen Dämmerzustand zwischen zwei Welten, in der diese Töne und Klänge normal erschienen. So baute er in seinen Halbschlaf-Gedanken das Kratzen und Schlürfen ein, das weiterhin von außen ins Innere drängte. Knarzendes und ächzendes Holz ergänzte den Zusammenklang aus der Wildnis und dem leisen Surren des Gasgenerators um das Lager, in einem sich verstärkendem Echo, um abrupt zu stoppen, als Paul laut hochschreckte.

Wiederholt lupfte Paul die grünen Velourgardinen. Der einzige Schutz zwischen ihm und dem, was da draußen wohl sein mochte.

Der Wald vor seinem Fenster bildete eine schwarze, undurchdringliche Wand. Einige Sekunden lang, versuchte er jegliche Bewegung in der Dunkelheit dingfest zu machen. Alles starr.

Wie mit eisigen, spitzen Fingern krabbelte eine unheimliche Kälte seinen Rücken hinunter.

Paul strich sich erschöpft über das Gesicht. Die Schatten der Bäume wurden mächtiger, wuchsen schnell in die Höhe, kamen näher und blieben doch fern. Es schüttelte ihn, als sich ein weiterer Schauer aufmachte frostig seinen Rücken runter zu laufen, um im Anschluss den Vorhang fallen zu lassen und sich ängstlich an Elisabeths warmen Körper zu schmiegen und er so versuchte, seine Schauder zu ersticken.

Zweiter Tag

Die Sonne hob sich zur Begrüßung des neuen Tages über die Spitzen der östlichen Berge. Lugte erst ein wenig und dann mehr und mehr über die Gipfel, färbte den einst dunkelblauen Himmel, anfänglich von Rot über Violett zu einem hellen Blau nuanciert ein, ihr goldgelber Glanz spendete dem Lager den ersten warmen Schimmer, erhellte und bereitete es, fröhlich und aufmunternd, für den neuen Tag vor.

Christian war der Letzte der fünf Freunde, der schwankend aus seinem Hänger stieg. Der Morgen, noch weit entfernt davon Tag genannt werden zu können, hob Christian seine Hände zum Schutz vor dem für ihn zu grellem Licht.

Christian war angewidert und schüttelte seinen Kopf vorsichtig.

„Bäh! Die Schnäpse waren eindeutig zu viel."

„Tja", erwiderte Robert mit Schadenfreude. „Feiern wollen wie die Großen, aushalten wie die Kleinen."

Paul, Elisabeth und David lachten.

„Schaut mal, was es hier gibt! Geiles Teil!", rief David, der kurz darauf hinter einem der Wohnwagen eine Truhe geöffnet hatte. David hob einen riesigen Eis-Handbohrer aus der Kiste und bestaunte diesen.

Neugierig kam Paul sogleich um die Ecke und schaute verwundert auf das Ding, das David gefunden hatte.

„Das nenne ich mal einen ordentlichen Eisbohrer. Gibt es auch Ruten?"

David schaute in die Box, grub etwas tiefer und fand welche.

„Ja hier, eine!"

„Nicht schlecht", staunte Paul. „Vielleicht klappt es ja doch noch mit Angeln?"

„Ja, nichts dagegen, können wir gerne machen."

David verstaute die Ausrüstung und den Bohrer wieder in der Truhe und schloss sie sanft.

Die anderen Freunde waren bereits fast fertig, um loszuziehen, als Paul mit David hinter dem Wohnwagen wieder vorkam und sie wie ein Kommandant aufforderte.

„Auf geht's! Zack, zack. Es ist noch ein gutes Stück zu gehen."

Genervt von seinen Allüren fügte sich die Gruppe dennoch.

***

Vor ihnen ein Kurs, der nur mühevoll begangen werden konnte. Durch die Last der Freunde, knirschte der Schnee unter ihren Bewegungen. Schnaufend und Schritt für Schritt durchstießen sie dabei mit ihren Wanderstöcken die eisigen Krusten, auf dem Weg zu ihrem Ausflugsziel, dem Eissee.

Kahl, schwarz und weiß getupft, standen die Stämme des kleinen Birkenwäldchens da, welches sie in Richtung der Berge gegenwärtig durchschritten und so weiter vorbei an Fichten und Kiefern geleitet wurden, die mit kaltem Weiß bedeckt waren und dem Schnee trotzten. Die Sonne über den Wipfeln stehend, beleuchtete den über den Boden wabernden Dunst des Schnees in einem wohligen Weiß. Graue, blanke und gepuderte, Felsen ragten schroff hervor, rahmten die Strecke ein und gaben so den Freunden die einzige Richtung weiter vor.

Neugierig beobachteten Rentiere jede Bewegung der Wanderer und baggerten auf der Suche nach etwas Essbarem im Grund, während Schneehasen hastig Schutz suchten, vor den fremden Eindringlingen und den Raubvögeln, die über ihren Köpfen im Blau des Firmaments kreisen, das durch Zirruswolken malerisch in einen Schleier aus sanften Bögen gebettet wurde. Aus dieser Höhe, von oben herab, drückten immer wieder Böen ihre Kälte mitleidlos in die Gesichter der Gruppe, färbten die Wangen rot und ließen so ihre roten Nasen unweigerlich laufen.

„Nicht mehr lange und wir sind da", redete Paul seinen Freunden gut zu und schaute mitfühlend zu Christian.

„Wie geht es deinem Kopf?"

„Alles gut. Die Kälte und die Tabletten helfen gerade, den Schmerz zu betäuben."

Paul grinste und versuchte den Small-Talk mit der Schönheit der Landschaft weiter aufrecht zu erhalten, was ihm nicht sonderlich gut gelang.

Christians Schädel dröhnte und die Anstrengung trug nicht gerade dazu bei, seinen Kopf zu beruhigen. Das Sprechen und Denken fiel ihm schwer und so wollte er keine tiefgreifenden Dialoge mit irgendjemanden führen, die noch hinzukämen zu den Plagen des Marsches, die ihn nötigten sich schnaufend und außer aufs Atmen nur auf seine Bewegungen zu konzentrieren. So stampften die

Freunde im gleichmäßigen Rhythmus den Hügel hinauf, in einer Reihe, wie an einer Perlenschnur aufgehangen. Blaue, rote, grüne und gelbe Perlen.

Oberhalb des Hanges stand das kleine Waldstück, dessen grüne mit weiß bedeckten Baumwipfel sanft im Wind schwankten und die sich Paul und Robert matt, aber zufrieden anschauten.

Paul holte seine Faltkarte aus der Tasche und verglich das Terrain mit der Topografie auf ihr.

„Also laut Plan ist der See gleich da vorne", zeigte Paul auf den restlichen Weg. Die Clique bestätigte dies mit Nicken, mobilisierte ihre letzten Reserven und machte sich auf, den Hügel zu erklimmen.

Allmählich verschwand die Sonne hinter einem der Berggipfel und färbte die Umgebung in ein schattiges Graublau. Der Wind frischte erneut auf und die Fichten schwangen immer unruhiger ihren Tanz mit dem Wind.

Schwer atmend tauchten sie langsam in das ruhige Wäldchen ein. Düsternis überschwappte sie. Kälte ummantelte ihre Schultern.

Die Bäume knarzten im Luftstrom, gemischt mit dem knisternden Schnee unter ihren Schuhen, vermittelte dies Samara und Elisabeth eine frostige Furcht. Dicht an dicht standen die Stämme und verwehrten jede Sicht ins Voraus. Mittlerweile bergab umschifften sie schlängelnd Baum um Baum. Nur ihr Atmen war zu hören.

Stückweise lichtete sich das Gehölz, sie traten hinaus aus der Düsterkeit, hinein in eine goldenblaue Glut aus Eis und Sonne, die vor ihnen erstrahlte und ihre Gemüter erwärmte.

„Wow!", riefen alle gemeinsam erstaunt aus.

Der spiegelglatte, mit Schnee gepuderte See vor ihnen, in einem kleinen Tal, geschützt, behütet und eingerahmt von Gneisen und Graniten, die sich schier endlos in den Himmel stemmten. Der Süden offen gab den Blick nach dem glatten Abbruch des Eises frei bis zum Horizont, auf die zu ihren Füßen liegenden Landschaft aus Schnee, Bäumen und der flachen Ebene. Gegenüber markierte eine Säule aus Eis und Schnee die gleichsam absolute, unüberwindbare Grenze. Das Eis der Pfeiler aus Wasser funkelte facettenreich in verschiedensten Blautönen in der Sonne, die mittlerweile an ihrem höchstmöglichen Punkt stand.

„Schau dir das mal an!", rief Paul verblüfft und betrachtete den gefrorenen Wasserfall. „Das sind doch locker zehn, fünfzehn Meter."

Robert schnürte derweil seine Schneeschuhe ab, um sich besser auf dem See bewegen zu können.

„Trägt uns das Eis?", fragte er vorsichtig.

„Hier sind seit Monaten Minusgrade. Ich denke das sollte reichen. Aber sei dennoch vorsichtig, dahinten geht es nochmal steil abwärts."

Die Freunde verteilten sich schleichend auf dem gefrorenen Wasser. Am Ufer stehend, machte Samara mit ihrer Kamera Canon EOS-1N Fotos. Sie beobachtete, wie Christian und David sich gegenseitig versuchten Halt zu geben, um nicht auf der glatten Oberfläche zu stürzen. Samara hatte ein

Gespür für den Moment, antizipierte den Zeitpunkt und drückte ab. Genau in diesem Augenblick stürzten Christian und David übereinander. Sie blieb mit dem Finger am Auslöser und nahm so eine Reihe von heiteren Fotos auf, wie die zwei versuchten sich wieder aufzurappeln. Samara lachte über den Slapstick, den ihre Freunde immer wieder vollführten.

Nun fasste sie sich etwas Mut und wagte sich auch auf das Eis. Aus Angst mit der Kamera zu stürzen und sie dabei zu beschädigen, legte sie sie zu der Ausrüstung und begab sich anschließend ängstlich und wackelig auf den See. Elisabeth sah ihren furchtsamen Vorstoß und schlitterte zu ihr, um ihre beiden Hände beherzt zu greifen und zu helfen.

„Und? Hast du schon ein paar schöne Schnappschüsse für deine Ausstellung? Das sind doch super Motive oder?", fragte sie mit einem Strahlen auf dem Gesicht.

Samara fühlte sich weiter unbehaglich auf dem Eis.

„Ja den Ort hat Paul gut ausgesucht. Wo hat er denn nur solche Ideen her?"

„Er ist ganz verrückt, wenn er sich was in den Kopf gesetzt hat, dann recherchiert er wie ein Irrer den ganzen Abend und plant und plant und plant. Ich bin dann nur noch Luft", beschrieb Elisabeth ihr Leiden und verdrehte dabei genervt die Augen.

Elisabeth schaute auf die Handschuhe von Samara.

„Oh, du hast da einen kleinen Kratzer am

Handgelenk", bemerkte sie. Samara blickte auf die kleine Wunde.

„Nicht so schlimm", beschwichtigte sie. „Ich habe mich wohl vorhin im Dickicht gekratzt."

Elisabeth begnügte sich mit dieser Antwort und wollte Samara freudig in die Mitte des Sees ziehen.

„Na dann! Los weiter aufs Eis."

„Ich komm' gleich, ich fühle mich doch noch etwas unsicher."

Elisabeth ließ mit einem Lächeln ihre Hände los und schlitterte zu Paul.

Weiter gehemmt schob Samara vorsichtig einen Fuß vor dem anderen über das Eis.

Ein leises dumpfes Klopfen erklang vom Eis her, dass mit einem Widerhall von den Felswänden zu ihr reflektierte. Neugierig versuchte sie das rhythmische Pochen zu orten und vernahm den Ursprung, scheinbar direkt von der Mitte des Sees her.

Immer noch verkrampft und stockend glitt Samara zum vermuteten Quell des Lautes. Deutlich zog sie ihre Schlitterspuren wie eine Eisläuferin in dem Puderschnee hinter sich her. Stückweise mischte sich das Klopfen mit Knirschen und Knacksen in der Eisfläche.

Tok – tok – tok hallte es. Immer wieder.

Angekommen war es vor ihren Füßen nun deutlich zu vernehmen. Sie spürte es. Samara schaute sich um, um zu erfahren, was ihre Freunde jetzt machten. Hörten sie es auch? Alle waren über den See verteilt und beachteten weder sie noch das Klopfen. Unsicher kniete Samara sich hin und fing vorsichtig an den Schnee vom Eis zu entfernen. Zentimeter um Zentimeter schob sie es wie ein Scheibenwischer beiseite.

Ihr lauter Schrei schreckte alle samt auf.

Samara versuchte rückwärts auf allen Vieren über dem rutschigen Eis von der Stelle des Grauens wegzukommen.

„Was ist los?", brüllte Robert aufgeregt und schlitterte auf dem glatten Eis zu ihr.

Weinend drückte sie sich in die Arme von Robert, der sie fest umfasste und sie so zu tröste versuchte.

„Da, unter dem Eis, ist ein Mensch."

„Wie ein Mensch? Wo genau?", fragte David hastig, der in der Zwischenzeit zu den beiden gestoßen war. Samara zeigte etwas weiter abseits auf die Mitte des Sees, während sie weiter ihr Gesicht an die Brust von Robert presste und er sie versuchte mit tröstenden Worten zu beruhigen.

David winkte Paul zu sich. Zu zweit machten sie sich gleich auf den Weg, um nach dem Körper unter dem Eis zu suchen.

„Da! Siehst du?", fragte David und zeigte auf die Stelle. „Da ist der Schnee verwischt."

Langsam und unbeholfen gingen die Freunde zu dem Ort, an dem sie vermuteten, dass Samara den Leichnam sah. Schon aus der Entfernung bemerkten sie einen Schatten unter der Oberfläche.

Das Herz von David fing an bis zum Hals zu

schlagen. Knirschend drückte sich die Eisplatte unter ihrer Last tiefer. Kleine Risse bildeten sich.

Erregt schlug David auf Pauls Oberarm.

„Scheiße, da ist was."

David machte sich fast in die Hose.

Unerwartet griff Paul Davids Arm, um nicht die Balance auf dem Eis zu verlieren.

„Sei vorsichtig", ermahnte ihn David im Schreck.

Beide schoben sich und ihre Füße in kleinen Schritten achtsam immer näher heran.

„Fuck!", stieß Paul aus, als er an der Stelle angekommen war, in das Eis schaute und sich vor Entsetzen wegdrehte.

Nur David stierte unbeeindruckt weiter und überlegte, während er seinen Bart knetete.

„Leute! Kommt her, dass müsst ihr sehen", rief er darauf zu seinen Freunden und winkte sie heftig zu sich.

Samara weigerte sich noch mal hinzugehen und blieb heulend mit Robert weiter Abseits stehen. Christian und Elisabeth glitten besorgt zu ihren Freunden. Angekommen schrie Elisabeth ebenfalls laut auf als sie in das Eis schaute.

Christian war verdutzt.

„Meine Fresse ...! Ist das echt ...?!"

Das Eis knackste bedrohlich unter dem Gewicht der vier.

Paul kniete sich nieder und wischte mehr Schnee von dem Eis, um einen besseren Überblick zu erhalten.

„Das ist ein Baumstamm", rätselte Paul. „Im ersten Moment habe ich mich zu Tode erschreckt."

„Sieh dir das mal an, wie krass das aussieht", zeigte David. „Kann man sich gar nicht vorstellen, dass das natürlich gewachsen ist."

David beugte sich ebenfalls weit über, um den Stamm genauer begutachten zu können. Fasziniert streichelte Paul das Eis dabei.

„Die Nase, diese Augen und der Mund. Verdammt echt. Der ist komplett im Eis eingeschlossen."

Paul nahm seinen Skistock und versuchte so ein Loch, wie mit einem Eispickel, in das Eis zu schlagen.

„Lass das Paul", ermahnte Elisabeth ihren Freund. Doch Paul hämmerte achtlos weiter.

„Da komme ich nicht durch, das Eis ist zu dick", gab Paul kurz darauf resigniert auf. „Aber das ist eindeutig ein Baum. Die Rinde, das verwelkte Astwerk", beschrieb Paul den Gegenstand unter dem Eis und zeichnete die Umrisse mit seinen Fingern nach.

David rief und winkte die anderen zwei zu der Gruppe.

„Sam, Robert kommt her. Es ist nur ein Baumstamm, der unter dem Eis eingefroren ist." Samara traute sich vor Angst kaum zu der Stelle zurückzukehren. Fürsorglich begleitete Robert sie auf dem Weg. Bei den Freunden angekommen zitterte Samara vor Furcht wie Espenlaub und erschrak erneut ein wenig, als sie nochmals in den

See schaute.

„Scheiße", stieß sie aus. „Das sieht so echt aus", ergänzte sie eindrucksvoll.

„Ja echt krass", bestätigte Robert sie.

„Okay, lasst uns von hier verschwinden", forderte Paul auf. „Für heute war das glaube ich genug Abenteuer. Ich schlage vor, dass wir den Tag an einem gemütlichen Lagerfeuer ausklingen lassen." Paul war sich sicher, dass sie bereits heute Abend bestimmt schon wieder da drüber lachen würden.

Die Freunde nickten und begaben sich langsam auf den Weg zurück zum Ufer.

Nach wenigen Metern verringerte Paul unwillkürlich sein Tempo, drehte sich irritiert um und schaute zu der Stelle zurück, denn er dachte, dass er klopfende Geräusche von unter der Eisdecke her vernahm.

Der See wurde breiter, der schwarze Fleck schwoll an, ein wispern setzte mit seinem Singsang in Pauls Kopf ein und forderte ihn auf, sich wieder der Mitte des Wasserlochs zu nähern. Die Wolken flogen in Windeseile vorüber und spiegelten sich auf dem glatten Boden wider. Das Klopfen geriet immer synchroner mit seinem Herzschlag. Bis es sich, im selben Takt, immer weiter in Resonanz hob und so sein Herz nahezu aus dem Takt schleudern wollte.

„Komm Paul", ermahnte ihn Robert. Erschrocken drehte er sich wieder zu seinen Freunden und schickte sich, sie einzuholen.

***

Die klare und frische Luft atmeten die Freunde

intensiv ein, nachdem sie das kleine Waldstück hinter sich gelassen hatten. Noch blendend tat sich der Boden hervor, in seinem grellen Weiß. Schatten huschten hinüber und versuchten stets, vor der Sonne zu fliehen. Der Nachmittag hatte bereits begonnen und langsam, aber sicher kam der Abend, dann die Dämmerung, dicht gefolgt von der Nacht, die oft den Tod mitführte und ihm Raum gab sich unbemerkt zu entfalten. Fies, gefühlskalt und erbarmungslos, schritt der Tod in der Nachtzeit umher und nahm alles zu sich in seine Obhut, was unbekümmert seinen Weg kreuzte.

Still war es.

Totenstill.

„Ist dir auch das Klopfen aufgefallen?", fragte Paul und unterbrach die Ruhe der Landschaft, nachdem sie bereits eine Weile den Weg zurückgewandert waren.

Robert war irritiert.

„Welches Klopfen? Ich habe nichts gehört."

Etwas ernüchtert schwenkte Paul mit seinem Blick nach vorne. Wenn Robert nichts gehört hatte, dann muss es eine Sinnestäuschung gewesen sein, resümierte er.

„Ich habe auch etwas gehört", antwortete Samara dazwischen. „Es war so unheimlich."

Erleichtert vernahm Paul Samaras Bemerkung. Dann ist er vermutlich doch nicht verrückt.

„Vielleicht war es nur das Eis", schlug Robert als Möglichkeit vor.

„Nein es kam von der Stelle, an der der Baum festhing", widersprach Samara. „Ich habe es genau gehört. Und sogar gespürt!"

Roberts Miene verzog sich ungläubig.

„Es könnte theoretisch auch die Strömung unter Wasser gewesen sein, die den Baum bewegte und dadurch das Klopfen verursachte."

Samara fühlte sich nicht ernstgenommen.

„Ich glaube nicht! Das klang so beabsichtigt. Wie Zeichen."

„Auf jeden Fall, war es sehr gruselig", fiel Paul dazwischen und schaute etwas verträumt in die Gegend. Samara und Paul ließen das nicht auf sich beruhen und heizten die Diskussion weiter Wort für Wort an. Trotz aller Emotionen stritten die Freunde immer auf einer sachlichen Ebene und konnten sich so sicher sein, dass später keiner auf den anderen sauer war. So näherte sie sich in den Schneeschuhen Schritt um Schritt dem Camp. Die Zeit verrann wie Pulver und hielt nicht fest wie Backschnee. Diskussionen und Neckerei lenkten die Freunde ab. Ließ sie beim Spiel mit dem Schnee vergessen und hielt sie fern von dem vorhin erlebten, machten ihre Gedanken frei. Frei der Sorgen.

„Was steht denn heute auf dem Speiseplan?", fragte David die Gruppe.

„Immer nur ans Essen denken", entgegnete ihm Paul trocken.

„Klar, ich habe immer Hunger."

David grinste.

„Wir haben Würste oder Fleisch zum

Anbraten", zählte Samara auf. „Was haltet ihr davon, wenn wir das später grillen?"

„Das hört sich doch gut an", bestätigte David und streichelte sich freudig den Bauch. Die Freunde lachten.

Paul hielt an und machte eine kleine Pause, stieß die Skistöcke in den Schnee und zog sich die Handschuhe aus. Mit seinem Atem versuchte er seine kühlen Finger zu wärmen, genoss die großartige Landschaft, hielt sich die Hand als Sonnenschutz vor die Stirn, atmete tief ein und blickte zu den Bergen, die sich majestätisch in Grau und Weiß, in ihrer rohen Art vor ihnen auftürmten. Scharfe Kanten und Felsen hingen scheinbar federleicht an den Flanken. Schnee schloss sie sanft ein und erleuchtete ihre helle und strahlende Schönheit. Wieder einmal verlor er sich in seine Träumerei und bemerkte nicht, dass seine Freunde in der Zwischenzeit ohne ihn weitergezogen waren.

„Paul! Komm endlich!", rief David. „Wo bleibst du?"

Paul schreckte auf und beeilte sich, nicht den Anschluss zu verlieren.

„Ich komme."

David wartete auf Paul und stieg gleich parallel mit Pauls Schritt ein, weiter zu gehen. Angestrengt kämpften sie sich den Weg ihrer Spuren zurück, die sie beim Hinweg geschaffen hatten.

„Der Baum geht mir einfach nicht aus dem Kopf", sagte David nach einigen hundert Metern. Paul schaute zu David rüber.

„Das war schon brutal, wie der aussah. Aber, ich habe schon öfters solche Bäume in Wäldern gesehen."

„Konntest du erkennen, was das für eine Baumart war?", fragte David neugierig.

Paul überlegte.

„Schwer zu sagen, die Rinde war ziemlich schrumpelig. Eine Buche auf keinen Fall. Eventuell eine Eiche, aber keine Ahnung."

David war verwundert.

„Äh?! Eine Eiche? Buche? Hier oben?"

Paul feixte.

„Gott sei Dank, hängt unser Leben nicht von deinem *botanischen* Wissen ab", stichelte David „Ist aber auch egal", fuhr er fort und konzentrierte sich wieder mehr auf die beschwerliche Route, die noch vor ihnen lag.

***

Später erreichten die sechs Freunde wieder das Lager. Robert schmiss unachtsam seinen Rucksack in den Schnee, um sich gleich darauf neben ihn fallen zu lassen.

„Mann, bin ich im Arsch", stöhnte Robert. „Oh, meine Beine." Samara schaute mitleidlos zu ihrem Freund.

„Hab' dich nicht so, das war doch ein schöner Ausflug."

Elisabeth schmiss sich unerwartet von hinten um Samaras Hals.

„Mir hat er auch gefallen."

„Dieser Stamm war nur ein bisschen gruselig,

aber sonst echt schön da oben."

Elisabeth kuschelte mit Samara.

„Los! Los!", tönte Paul klatschend hinter ihren Rücken. „Robert, bereite schon mal das Feuer und ihr zwei Hübschen das Essen vor." Paul führte sich dabei wieder auf wie ein Lagerkommandant.

„David, Christian! Holt mehr Feuerholz aus dem Bunker", rief Paul und ging sie dabei suchen. Robert, Elisabeth und Samara waren etwas genervt ob der etwas eigenwilligen Kommandostruktur, doch taten sie wie ihnen aufgetragen wurde und richteten alles für das Lagerfeuer und das Abendessen vor.

***

Knisternd hob sich die Wärme des Lagerfeuers in die Nacht. Die Ruhe wurde nur ab und an durch einen kleinen Knall des Holzes unterbrochen. Das Brot, das Christian noch in den Flammen hielt, färbte sich endgültig zu schwarz. Er nahm das Brot aus dem Feuer und verspeiste es, ungeachtet der merklich verkohlten Stellen. Robert lag eher in seinem Klappstuhl und streichelt wieder seinen dicklichen Bauch.

„Ich bin richtig voll", kommentierte er seine Verfassung. Samara und Elisabeth saßen zusätzlich in einer Decke, dick eingepackt, nebenan.

„Und mir ist saukalt", beschwerte sich Elisabeth. „Ich geh in den Wohnwagen."

Samara nahm Elisabeths Ansinnen als Aufhänger, um sich ebenfalls aus der Gruppe entfernen zu können.

„Ich gehe auch. Ich friere mir hier den Arsch

ab." Robert konnte dieser Gelegenheit nicht widerstehen und klatschte Samara beim Aufstehen daraufhin anzüglich auf ihren Po.

„Nein der soll nicht abfrieren, den brauche ich noch." Robert grinste.

„Lass das," kicherte Samara erheitert. Roberts Augen hingen an Samaras Gesäß, während sie in Richtung ihres Caravans ging.

„Wärm ihn schon mal für mich vor Baby! Ich komm gleich zu dir." Robert griff zu seinem Dosenbier, welches schon einige Zeit im Schnee stand. Eiskalt floss der Gerstensaft seine Kehle herunter und zwang ihn dabei zu einer Grimasse.

„Uah! Wenn es zu kalt ist, schmeckt es auch nicht mehr."

„Und du hast dich echt getraut das Bier mitzunehmen?", fragte Christian, warf dabei noch ein Holzscheit in das Feuer, das sogleich aufloderte und eine Wolke aus Funken in die Dunkelheit der Nacht entsandte.

Robert lachte.

„Klar! Fest in die Mitte meines Rucksacks gepackt, damit es schön warm hat."

„Wieviel hast du reinbekommen?"

„Leider nur vier Stück."

„Da hast du ja echt Schwein gehabt, dass die Dinger auf dem Weg hierher nicht geplatzt sind. Das hätte eine riesige Sauerei gegeben, die ganze Kleidung voller Bier. Hier waschen ist ja auch nicht so ohne weiteres möglich." Christian lachte und stellte sich die lustige Situation vor, wie Robert mit nach

Bier stinkenden Sachen das Wochenende aushalten müsste.

„Für Bier riskier ich alles."

„Ich habe mir auch zwei eingepackt. Geht schon", ergänzte Paul. „Aber hier ist noch besseres Frostschutzmittel." Paul ergriff in diesem Moment die Gelegenheit, um erneut eine Runde an Schnäpsen für seine Kumpels einzugießen.

„Was steht morgen auf dem Programm?", fragte David.

„Wie gesagt, würde ich morgen mit euch in die Geisterschlucht gehen."

Durch sachte Schläge von Robert auf seinen Oberarm, wurde Paul unterbrochen und angewiesen sein Schnapsglas zu erheben.

„Cheers", rief Robert im Anschluss und stieß mit den restlichen Freunden an. „Hört sich spannend an", ergänzte er mit verzerrtem Gesicht, nachdem er den Alkohol hinuntergewürgt hatte.

Paul schüttelte sich.

„Ja das muss dort gigantisch aussehen, habe ich gelesen. Das ist etwas weiter entfernt als der See heute, aber mit den Skiern sollten wir die Schlucht ohne Probleme erreichen."

Paul griff erneut zum Schnaps und schenke allen ungefragt nach. Die Flüssigkeit verteilte sich über ihre Hände, die zuckrig klebrig hängen blieb.

Wie vier Synchronschwimmer hoben die Freunde ihre Gläser, stießen an und versenkten den Schnaps mit einem Kopfschlag nach hinten in ihren Hälsen.

„Bäh!", schallte es von allen vier zeitgleich.

„Was ist das für ein Fusel?" Christian stellte das Glas neben sich und winkte Paul ab, der wieder drauf und dran war nachzuschenken.

„Mach langsam."

„Das ist original Enzian-Schnaps", wies Paul brüskiert auf dessen Ablehnung zurück. „Den habe ich extra für unser Wochenende bestellt. War nicht billig und hat ewig gedauert, bis die Flasche bei mir war." David schaute verwundert zu Paul und hielt ihm das Glas unter seine Nase.

„Schmeckt scheiße, aber kipp ein, los!"

Und so drehten die Runden, bis die Flasche vollständig entleert war. Am Ende dieser Alkoholorgie tat Paul so, als ob er die Flasche auswringen würde, damit der letzte Tropfen in Roberts Glas fiel, die beim Auftreffen auf dem Schnaps im Behälter dabei eine kleine Säule bildete, dessen Abschluss einen noch kleineren Tropfen formte, um sogleich wieder ineinander zu stürzen.

„So, ich pack es jetzt", stimmte Robert an, nachdem er sich den letzten Schluck hinter gekippt hatte. „Wir wollen ja schließlich morgen früh raus und meine Frau verzehrt sich nach mir!"

„Wenn du das Schnarchen, was ich aus eurem Wagen höre als verzehren bezeichnest, dann viel Spaß", lachte David.

Christian und Paul prusteten ebenfalls laut aus und verschütteten dabei beinahe ihren letzten Schnaps.

„Haha!"

Robert zeigte ihm den Mittelfinger.

„Robert! Robert!", imitierte David Samaras Stimme mit Schnarch-Akzent. „Ich will dich!"

Die Freunde lachten. Nur er empfand in diesem Augenblick die Situation als unangenehm, dass sie sich auf seine Kosten über ihn lustig machten.

„Gute Nacht ihr Penner!", rief Robert beim Weggehen und zeigte einmal mehr mit dem Mittelfinger nach hinten. David, Christian und Paul johlten weiter.

Paul genoss es, dass Robert zu solch einer Reaktion gebracht wurde und die kleine Stichelei unter Freunden so wunderbar funktionierte.

„Ich denke, wir sollten jetzt auch schlafen gehen."

„Ja du hast Recht", antwortete David. „Das Feuer ist ja auch bald aus. Können wir das so stehen lassen?"

Paul schaute auf die Glut.

„Ja, das passt."

Die verbliebenden drei Freunde verabschiedeten sich und wollten gerade zu ihren Wagen aufbrechen, da drang schwach doppeltes Schnarchen aus Robert und Samaras Wohnwagen.

„Da hat Rob wohl doch keinen Stich mehr gemacht", sagte David grinsend. Christian lachte.

***

Der zunehmende Mond hing schwer und bedächtig am Firmament, füllte sich immer mehr und schärfte so seine schwarze Sichel von Abend zu Abend. Das Graublau wurde mit jeder Stunde, die der Mond seines Weges wanderte, intensiver. Der Waldrand bildete eine Kuppel, die scheinbar alles einzufassen versuchte, dessen Gewölbe nur noch ein Loch in dessen Dachstuhl offenhielt, durch das Luna ihr magisches Licht wie ein Spot auf das Lager hindurch strahlen ließ.

Direkt in ein Fenster, auf das Gesicht von David.

Mit offenem Mund lag er auf dem Rücken in seiner Koje. Sabber lief ihm die Wange entlang direkt auf sein Kissen.

Er atmete nicht.

Außerhalb der Wände frischte der Wind auf. Die Kronen der Bäume schwankten im Strom der Luft. Die Sterne funkelten kaum. Die Kälte fror sie zu starren Nadelstichen im Gewölbe ein.

Nun endlich reagierte Davids Körper auf den Sauerstoffmangel, den ihm die Atemaussetzer beim Schlafen abverlangten.

Von der Apnoe gepeitscht wachte David nach Luft schnappend auf. Desorientiert schaute sich er sich um. Das viele Essen, der Alkohol, dies alles tat seinem Magen nicht gut. Ihm war übel und drückte schmerzhaft vor Fülle. Er schmiss die Decke beiseite, robbte vom Bett, schaltete ein kleines Licht an und prüfte die Heizung, bevor er sich in die Essecke setzte. Gähnend saß er auf der Bank, die Übelkeit gab seinem Gesicht ein unschönes Aussehen. Zusehends ließ die Belastung seine Miene verzerren, drückte die Übelkeit mit all ihrer Wucht gegen die Innenseite des Magens und ließ ihn schmerzhaft aufblähen. Sein

Kopf trug schwer, die Müdigkeit fesselte ihn in seine beiden Hände, gestützt auf seine Knie. David rieb sich die Augen, als er unerwartet ein Schaben an der Außenwand des Wohnmobils wahrnahm.

Sein Kopf schnellte in die Höhe und er lauschte an der Innenseite der Wand. David war sich ganz sicher, jemand war da außerhalb und watete durch den Schnee. Hastig stand er auf. Zog sich die Unterhose zu Recht und folgte den Lauten. Dieses Scheuern, es wollte nicht aufhören, wurde immer intensiver und verwundert horchte David dem Geräusch weiter zu, versuchte dessen Natur zu ergründen sein Wesen, seine Motivation. Was ist es? Nachdenklich nahm er sich ein Handtuch, rieb sich die schwitzigen Hände ab und schaltete die kleine Birne wieder aus.

Nur noch der Mond schien silbrig durch die Fenster.

David schaute zu Christian, der offenbar von alledem nichts mitbekam, so tief und fest schlief er, den Schlaf des Gerechten. Aus dem Augenwinkel nahm David ein kurzes Flackern wahr. Er krabbelte auf sein Bett und lupfte vorsichtig den Vorhang, um aus dem Fenster zu schauen. Alles schien ruhig zu sein. Sein Blick, direkt auf den Waldrand gerichtet. Die anderen Wohnwagen konnte er durch diese Luke nicht sehen. Es knackte. David versuchte stärker aus der Fensteröffnung um die Ecke zu schauen, presste seine Wange stark an die Scheibe. Sein Atem schlug sich nieder, bildete einen Film aus Kondensat auf ihr. Die Wildnis von außen sah ihm zu kalt aus. Keine zehn Pferde würden ihn jetzt da rausbekommen, zu groß war die Angst, die ihn fesselte.

Ein Wispern drang an sein Ohr. Verstört ließ David die Gardine fallen und schaute durch das gegenüberliegende Fenster, von dem er dachte, dass er dieses Flüstern vernahm. Frostig lief es ihm den Rücken runter. Der Lagerplatz war ruhig. Alles dunkel, kein Licht in den anderen Wohnwagen war eingeschaltet.

Tok, machte es hinter ihm. Angsterfüllt drehte er sich um.

„Christian!", rief David vorsichtig. „Hast du das auch gehört?"

Christian stöhnte.

„Lass mich, geh schlafen", war seine einzige Antwort, im Umdrehen.

Ein kleiner Aufschrei. Wie dem eines kleinen Papageis ähnlich. Ein wiederholendes Schnalzen umrundete sein Refugium. Egal, was da draußen war, es wartete nur auf David, dass er rauskommen möge und lockte ihn mit seinen Rufen, seinem Glucksen und Tönen.

David fühlte einen kalten Luftzug um seine Schultern wabern. Unheimlich berührt legte er sich wieder in sein Bett, zog die Gardine weiter zu und mummelte sich dick in seine Decke ein.

Wie eine Mumie eingepackt lag er da. Nur seine grünen Augen leuchteten in der Finsternis durch einen kleinen Schlitz aus seiner Hülle, die er sich zum Atmen gelassen hatte. Zitternd vor gefühlter innerer Kälte, mit weit aufgerissen Augen, blickte David starr in die schummrige Dunkelheit zu Christian, der am anderen Ende des Wagens lag, wohlwissend, dass er durch das anhaltende Schleifen und Kratzen, begleitet durch das leise Rattern des Gasgenerators, nicht mehr einschlafen würde können.

Dritter Tag

Paul öffnete die Tür, der Morgen begrüßte ihn mit seiner frischen Luft, die sauber und naturbelassen seine Müdigkeit aus dem Gesicht zu pusten vermochte. Angestrengt beobachtete er Samara, wie sie aufgeregt alle Sachen durchsuchte.

„Was machst du da?"

„Ich suche meine Kamera", antwortete sie.

Pauls Kopf fühlte sich schwammig an. Unter diesen Umständen interessierte er sich nicht wirklich für ihr Problem, ohne dass er ahnen konnte, dass sie es bald doch zu seinem Machen würde.

„Ja blöd. Wir wollten doch gleich los."

„Ohne die Kamera gehe ich nirgends hin", schimpfte Samara aufgebracht. „Ich glaube ich habe sie gestern am See liegenlasen." Mit glasigen Augen setzte sich Samara auf den Transportschlitten, der vor ihrem Anhänger stand. „Wir müssen sie holen."

Paul dämmerte es langsam, dass es nun für ihn schwierig werden könnte, ihr Vorhaben zu unterbinden. Doch versuchte er einen Anlauf.

„Nein …!", widersprach Paul ihr heftig. „Das ist ein weiter Weg. Dann können wir heute den Ausflug zur Schlucht vergessen!"

„Dann gehen wir morgen, bitte Paul, können wir sie nicht holen gehen?"

Samara setzte dabei ihren typischen Hundeblick auf, durch den selbst bei einem knallharten Mann automatisch der Führsorgereflex ausgelöst werden würde. Paul überlegte, was er ihr nun antworten könnte und biss sich schmerzhaft auf die Unterlippe. Sein Zustand erlaubte es ihm eigentlich nicht, dass er diese Unternehmung durchführte. Und ihr zu sagen, dass ihm definitiv die Lust dazu fehlte, konnte er nicht über sein Herz bringen. Ihm fiel es schon immer schwer, ihr einen Wunsch auszuschlagen.

„Bitte Paul, sie ist neu und wichtig. Wenn ich zurück bin, brauche ich sie für meine Arbeit. Außerdem sind da schon so viele Fotos drauf, und ich habe Angst, wenn sie da noch eine weitere Nacht rumliegt, dass sie dann völlig hinüber ist. Ich komme auch mit."

Paul resignierte, ohne auch nur einen weiteren Versuch zu tätigen, ihr Widerstand zu geben. Paul wollte nun noch das Beste aus diesem Tag holen und dachte nach. Da kam ihm der Bohrer in den Sinn, den David gestern in der Truhe gefunden hatte und kam auf die Idee, das Unbequeme mit etwas Schönem zu verbinden.

„Okay, aber du bleibst hier", gab Paul die Anweisung. „Robert soll mitkommen. Zu zweit sind wir schneller da und dann können wir Eisangeln gehen. Für mich auch okay."

Samara sprang freudig auf, um gleich in ihren Caravan zu verschwinden. Ein lauter Diskurs fand im Inneren kurz darauf statt, der damit endete, dass Robert misslaunig und polternd rauskam und zu Paul ging.

„Wir sollen also die Mistkamera holen?", fragte Robert verärgert.

„Beschwere dich bei deiner Frau."

„Mich nervt es tierisch ihren Schrott zu holen."

„Vielleicht hebt es etwas deine Stimmung, wenn ich dir sage, dass wir Eisangeln gehen. Lass uns einen schönen Männer-Nachmittag verbringen."

Robert überlegte kurz, konnte dennoch seinen Frust über die Situation nicht zurückhalten.

„Ja, nur warum vergisst die Frau immer alles?"

„Komm, hab dich nicht so. Schnapp dir die Skier, den Schlitten, pack den Bohrer und die Angelausrüstung drauf und los geht's. Wenn wir uns beeilen, dann haben wir viel Zeit zum Angeln. Und zum Abend braten wir unsere Beute."

Robert sah es ein, dass sein Verhalten nichts verändern und er sich so den Tag nur mehr verderben würde. Grinsend machte er sich auf den Weg die Ausrüstung auf den Schlitten zu legen, zog sich im Anschluss die Skier an und wartete abfahrtbereit auf Paul. Dieser schulterte derweil seinen Rucksack. Als sie gerade losgleiten wollten, kam David aus seinem Wohnwagen geschlichen.

„Scheiße Mann, wie siehst du denn aus?", fragte Robert erschrocken. David schaute mit rot verquollenen Augen und fast pechschwarzen Ringen darunter zu den Beiden rüber.

„Habt ihr das heute Nacht auch gehört?", fragte David mit leerem Blick. Robert und Paul schauten sich gegenseitig verwundert an. Sie verstanden nicht, was David von ihnen wollte.

„Äh? Nein?", antwortete Paul knapp. „Was war los?"

„Ich konnte nicht schlafen, ständig hörte ich so seltsame Geräusche vor dem Wohnwagen. Aber sehen konnte ich absolut nichts."

„Okay?" Paul schaute ungläubig. „Also ich habe nichts gehört. Du Rob?"

„Nein, hab' tief und fest geschlafen."

„Wohin geht ihr?", fragte David, als er bemerkte, dass die zwei bereits fest auf den Skiern und fertig zur Abfahrt waren.

„Samara hat gestern ihre Kamera wohl an dem See vergessen, wir wollen sie suchen und nebenbei gleich etwas Angeln gehen. Willst du mitkommen?", lud Paul David ein.

„Du siehst aus, als ob du etwas Ruhe gebrauchen könntest." Robert lachte.

David winkte ab.

„Lasst gut sein, ich glaub' ich hau mich gleich wieder aufs Ohr und ruh' mich hier aus."

„Alles klar, was ist mit Chris?", fragte Paul.

„Der hasst Angeln."

„Wie auch immer, wir sind Nachmittag wieder da und wenn wir zurück sind, erwarte ich, dass alles schon vorbereitet ist. Es gibt Fisch!", wies Paul an.

„Petri heil", wünschte David den zwei und wankte übermüdet wieder in seine Behausung. Robert und Paul schüttelten belustigt den Kopf, zogen sich ihre Handschuhe an und machten sich in Langlaufmanier auf, skateten zum See fort, Schwung um Schwung aus der Gemeinschaft und ließen das Camp weiter und weiter zurück.

Ein kleiner Punkt, mehr nicht, war das Lager in der Ferne als Paul zurückschaute. Nur ein kleiner störender Schönheitsfleck inmitten vom Weiß des

Schnees. Eingekesselt vom Wald, klebte dieser Fleck unentfernbar in der Ebene. Die Sonne hatte sich bereits deutlich über den Horizont bewegt und blendete Paul, dessen Augen zum wolkenfreien blauen Himmel wanderten. Pures Blau über ihm, nur ab und an zerschnitten von den Kondensstreifen eines Flugzeugs, das weit entfernt hinwegflog. Die schlichte Schönheit, die das Flugzeug schnurgerade, stetig, unbeirrt und scheinbar ohne Pause, in ein und dieselbe Richtung zog, wirkte wie gezeichnet. Mit Lineal und Kreide. Eine Blaupause zu einem Ziel wie jenes, das noch vor ihnen lag. Wohin sie wohl fliegen mögen? Eine Zufriedenheit machte sich in Paul breit. Sorgenfrei atmete er einmal tief durch, um sich anschließend weiter angestrengt den Hügel hinaufzuschieben, vorwärts diesem einen, seinem Ziel entgegen.

***

Schnaufend, außer Atem kamen Paul und Robert am Rand des Waldes und dem Ufer des Bassins an. Stöhnend lösten sich die zwei Freunde von den Skiern und lehnten sie an die Bäume. Schwarzblau glitzernd lag der See vor ihnen. Der zu Eis erstarrte Wasserfall reflektierte, die sich gerade über die Kante der Terrasse hebende Sonne und gab dem Eis einen streifenden Glanz aus Licht und Wärme.

Robert schnürte den Eisbohrer von dem Schlitten und wagte sich vorsichtig einige Meter auf die glatte Fläche. Er taxierte die Umgebung, schätzte Abstände und Richtung sowie den Lichteinfall ein.

„Hier scheint eine gute Stelle zu sein", rief er

und setzte den Bohrer vorsichtig auf das Eis. Kräftig zog Robert an der Kurbel. Drehung für Drehung schnitt sich der Handbohrer in die harte Oberfläche. Nach wenigen Umdrehungen schaute Robert in eine von ihm perfekt gedrehte Wune.

„Sieht gut aus, lass uns probieren, ob wir was fangen können", merkte er an. Robert legte den Eisbohrer wieder auf den Schlitten und holte die Handleine, um diese anschließend in das Loch zu hängen. Paul gesellte sich zu Robert, um ebenfalls seine Angelrute in die Wune hinabzulassen.

„Auch auf die Gefahr hin mich zu wiederholen, aber mir gefällt es hier", fing Paul an zu erzählen, während er seinen kleinen Angelhocker aufspannte und sich daraufsetzte. Robert blieb lieber stehen.

„Ja, ich kann dir da nur beipflichten", antwortete Robert und beobachtete das Loch. „Mein Vater liebt ja Angeln, ich glaube auch im Sommer muss das klasse sein hier zu Angeln."

Paul nickte bestätigend.

„Ich werde ihm mal empfehlen herzufahren. Nur im Winter ist das nichts für ihn", merkte Robert grinsend an. In diesem unbeobachteten Moment zupfte es an Roberts Handleine.

„Ich hab' was!", rief er freudig auf. Mit einem geschickten Zug hievte Robert einen kleinen Saibling zu Tage.

„Nett, bisschen mager", bemusterte Paul den Fisch spottend.

Robert empfand Pauls Kommentar schon etwas beleidigend und schaute sich den noch lebenden Fisch verwundert an.

„Meinst du? An dem kann Samara doch drei Tage essen." Lachend warf Robert den Fisch beiseite in den Schnee.

Nach wenigen Stunden hatten sie ein paar Dutzend Fische aus dem Loch ködern können. Glücklich drehte Paul die Fische in Zeitungspapier ein und band sie fest auf den Schlitten, während Robert sich gleich darauf machte, am Ufer nach der Kamera zu suchen.

„Wir waren doch gestern ungefähr hier, richtig?", fragte Robert nach.

„Ja, siehst du, hier ist noch alles zertrampelt, also muss das doch bestimmt hier gewesen sein."

Eine innere Unruhe veranlasste Paul erneut auf den See hinauszuschauen, auf die dunkle Stelle, an der sie gestern den Baumstamm fanden. Das Klopfen kam ihm wieder in seinen Gedanken so präsent vor. Die Frage, was das da draußen bloß war, trieb ihn unmerklich aber entschlossen an die Stelle, um ein weiteres Mal, diese gründlicher zu betrachten.

„Ich geh noch mal rüber schauen", rief er zu Robert.

„Warte kurz!" Robert suchte währenddessen weiter im Unterholz nach dem Apparat. „Hier ist keine Kamera! Weißt du noch, wo Samara gestern stand ...?! Sie hat doch Fotos gemacht oder?!"

„Nein! Keine Ahnung."

Paul ging vorsichtig über das Eis und schlitterte in kleinen Schritten vorwärts. Kleine milchige und klare Einschlüsse verrieten ihm, dass viele Luftblasen in dem Eis eingefroren waren, Risse in der Oberfläche gaben ihr Charakter, dennoch mutete sie an, ausreichend stabil zu sein. Das Wasser unter ihm war pechschwarz und ließ die Tiefe des Sees kaum erahnen. Pauls Schuhe schoben den Schnee mit jedem Schwung beiseite. Die dunkle Fläche permanent im Blick, kam Paul dem Fleck immer näher.

Endlich angekommen kniete er sich hin und wischte den Neuschnee weg.

Er sah nichts.

„Robert, komm mal her", rief er hastig. „Das Ding ist weg!"

„Was?!", antwortete Robert, der darauf gleich an gerutscht kam. „Bist du dir sicher, dass das hier war?"

Paul fühlte mit seinen Fingern nachdenklich im Krater, den er gestern versucht hatte in das Eis zu schlagen.

„Ja, schau doch, da ist das Loch."

„Vielleicht ist der Stamm weggetrieben", rätselte Robert und versuchte einen Blick unter das Eis zu werfen, indem er vor der Stelle hockte und mit seinen Händen die Reflektionen abschottete. Seine Nase berührte dabei fast die Oberfläche.

Eine Wolke zog vor die Sonne und schattete die Umgebung ab. Der Wind frischte auf und pustete den nur leicht daliegenden Schnee fort.

„Nichts zu erkennen", sagte Robert etwas enttäuscht.

Das Eis fing unerwartet an zu brechen, dicke

Risse schossen unter Paul und Roberts Körper pfeilartig durch, verästelten sich, wurden breiter. Wasser drang durch die Spalten hindurch. Hastig sprangen Paul und Robert auf.

„Scheiße! Runter hier bevor es einbricht." Paul trieb Robert an. So schnell es ihnen möglich war, machten sich die beiden auf den Weg zurück zum Land. Immer mehr Wasser trieb die Spalten hoch und nässte ihre Stiefel. Mit einem beherzten Sprung schafften es Paul und Robert an das rettende Ufer. Nach Luft ringend lagen sie am Rand des Sees und blickten auf das Eis, das sich oberflächlich mit Wasser füllte.

„Mist, das Eis sah doch so verdammt dick aus", fluchte Robert.

„So kann man sich irren", ergänzte Paul und blickte zu seiner rechten Seite. „Ah! Sieh mal was da liegt." Paul zeigte an einen Baum, unter dem eine eingeschneite Kamera lag. Robert ging zu der Kamera und sammelte sie auf, um sie anschließend vom Schnee zu säubern.

„Sieht noch brauchbar aus", sagte Robert zu sich selbst, musterte sie erneut und entfernte darauf weitere kleine Verästelungen, die an dem Fotoapparat hingen.

„Lass uns verschwinden. Ich habe genug für heute." Robert packte die Kamera in seinen Rucksack, griff sich seine Skier, schulterte sie sogleich und ging den Hang mit Paul hinauf. Oben angekommen, schnallten Paul und Robert sich die Skier an, nahmen die Skistöcke in die Hand und glitten ruhig und achtsam den Hang auf der anderen Seite im Wald hinunter, immer schneller wedelnd zwischen den Bäumen hindurch, im rasanten Tempo hinaus auf das freie Feld. Die Sonne schien ihnen direkt von oben auf die Gesichter. Beide genossen sichtlich ihre Abfahrt. Die Geschwindigkeit. Den Rausch.

Es war ein herrlicher Tag.

***

„Sie sollten eigentlich bald zurück sein", antwortete David als Samara ihm die Frage stellte, wann endlich Robert und Paul zurückkommen würden. Samara blickte nervös auf ihre Uhr.

„Langsam mache ich mir aber Sorgen", sagte sie zu sich selbst.

„Hol' etwas Holz bitte", wies David Samara freundlich an, um sie auf andere Gedanken zu bringen. „Ich mach dann schon mal Feuer, bis es richtig brennt, dauert es ja auch noch eine Weile."

Samara tat, wie ihr befohlen wurde und schickte sich an, einige Holzscheite zu besorgen, um diese neben die Feuerstelle zu werfen. David hatte sichtlich Mühe das Feuer zu entfachen, schaffte es aber mit zwei Anläufen zum Schluss dennoch. Zufrieden und mit ein klein wenig Stolz schaute er in die Flammen, die gemächlich das Holz verzehrten. Seit er ein kleiner Junge war, faszinierte ihn Feuer und die Flammen, wie sie hypnotisch tanzten und loderten. Auch jetzt. Sie holten David gedanklich zu sich in eine andere Welt, die nur er zu betreten vermochte.

David schrie laut auf, als ihn ein nasser Schneeball, der von Elisabeth geworfen wurde, in seinem Nacken traf.

„Na warte du Biest, das gebe ich dir zurück!", rief David und formte seinerseits einen Schneeball, den er zu Elisabeth warf. In diesem Augenblick traf Samara ihn mit einem weiteren Schneeball – mitten in sein Gesicht. Verärgert spuckte David vor sich hin. In voller Schadenfreude lachte Elisabeth über die seltsamen Grimassen die David dabei machte, als ihr Gesicht von einem anderen Schneeball an der Seite getroffen wurde.

Unbemerkt hatte sich Christian ins Getümmel eingeschaltet und die Unaufmerksamkeit schamlos ausgenutzt. So lieferten sich die vier eine Schneeballschlacht, bis endlich Paul und Robert auf ihren Skiern von ihrem Ausflug angerauscht kamen.

Robert, der ohne den Schlitten fuhr, bremste schwungvoll vor den Freunden und schoss dabei, mit einer Fontaine in ihre Richtung, holte die Kamera aus seinem Rucksack und warf diese Samara zu. „Hier, dein Fotoapparat."

„Danke!"

Freudeschreiend warf sie sich um Roberts Hals. „Heute Abend hast du dir eine Belohnung verdient", hauchte sie ihm zärtlich ins Ohr, um anschließend mit ihren Zähnen an seinem kaltroten Ohrläppchen zu kauen und zu ziehen. Sie zwinkerte Robert zu und gab ihm einen dicken Kuss auf die Lippen. Roberts Grinsen wurde immer breiter.

Mittlerweile war auch Paul eingetroffen, der

durch den Schlitten nicht wie Robert so schnell hatte abfahren können. Paul holte die Fische aus dem Rucksack, um sie gleich darauf zum weiteren Kühlen in den Schnee zu werfen.

„David! Du bist dran!"

„Ay ay Käpt'n! Dann lasst uns mal die Fische zubereiten!"

David holte ein langes, scharfes dünnes Messer aus der Küche, die Klinge leicht gebogen und flexibel. Er zog seine Handschuhe aus und fing sogleich an, die Fische auszunehmen. Mit einem Schneidebrett auf seinem Schoß trennte David geschickt den Bauch der Tiere in zwei Hälften. Die Teilung machte dabei einen seltsamen rhythmisch reibenden Ton. Der Brustkorb brach geräuschvoll mit einem lauten Knacken und Knirschen während er seine Daumen nüchtern in die Öffnung drückte und dabei die Rippen mit seinen Händen leicht auseinanderbog. Ohne Ekel und Emotion steckte er darauf seinen Zeigefinger in die Bauchhöhle und kratzte die Gedärme wie mit einem Haken raus, um sie anschließend auf den Boden zu klatschen. David prüfte genau, dass er all die Reste entfernt hatte, um daraufhin den ausgenommenen Fisch wieder auf den Boden zu werfen und sich das nächste Tier vorzunehmen.

***

Im Dunkel des Abends glühte das zu Kohle runtergebrannte Holz feurig rot. Hitze stieg auf und ließ die Pupillen der Fische zu einer weißen Masse erstarren. Das Fett und Öl tropfte aus deren Leibern, um gleich darauf in einem Zischen in der Glut und mit einem letzten lebenden Aufheulen zu enden. Einer nach dem anderen wurde von der Glut genommen, verspeist und seine Reste achtlos auf den Müllhaufen geworfen. Das gebrochene Rückgrat oder der Kopf mit leeren Augenhöhlen und weit aufgerissenem, entsetztem Maul, welcher noch am letzten Ende seiner Wirbelsäule hing. Jeder einzelne endete in solch einer Demütigung. Alle, bis auf eine Ausnahme.

David nahm seine Zange, wendete diesen Fisch, um dem Feuer im Anschluss eine Stichflamme zu entlocken. Ein Schwarm Funken stieg hastig in den Himmel. Erst goldgelb, dann rot, dunkel bis ins schwarz variierte die Farbe, kreisten in der Luft und tanzten umher. Die Haut des Fisches wandelte sich allmählich von braun zu schwarz. Von knusprig zu Kohle.

„Der letzte Fisch. Wer will?", rief David in die Runde. Alle Freunde winkten ab.

Paul stieß gesättigt auf.

„Ich bin voll."

David entriss dem Grill das Tier mit seinem Werkzeug. Die schuppige Haut des Fisches blieb an dem glühend heißen Rost kleben verbrannte zusehends und elendig in der Höllenhitze. Auf einen Teller gelegt stellte er ihn neben sich auf einen kleinen Tisch.

„Also dann! Nehmt eure Gläser", forderte David darauf auf und erhob sein kleines Stamperl zum Toast. „Auf einen schönen Abend!"

Allesamt erhoben ihrerseits die Gläser und

stießen miteinander an. Laut knallten sie die Gläser im Anschluss gemeinsam auf die Beistelltische.

„Wir trinken eindeutig zu viel", sinnierte Robert angetrunken und rülpste zum Ärger seiner Freunde lautstark.

„Ach Robert!", schimpfte ihn seine Freundin und verzog angewidert das Gesicht.

„Lass doch die Jungs rumalbern", lenkte Elisabeth Samara von ihrem unhöflichen Lebensgefährten ab.

„Wie geht es voran mit deinem Job?"

„Super", schwärmte Samara. „Wir haben die Zusage für das Atelier. Ich bin so froh, dass wir es gefunden haben. Du glaubst ja gar nicht, wie schwierig es ist in Prag eins zu finden."

„Echt jetzt ...?! Das ist ja toll, hast du denn schon Aufträge in Aussicht?"

„Ja, wenn wir wieder zurück sind, soll ich gleich ein paar Modeaufnahmen machen für eine kleine Agentur, nichts Besonderes", winkte Samara ab.

Elisabeth war beeindruckt.

„Naja, besser als nichts. Und jeder fängt mal klein an. Vielleicht wird die Agentur mal groß, dann hast du einen Vorteil." Elisabeth zeigte dabei mit dem Zeigefinger und einem lasziven Zwinkern auf Samara. Samara erzählte weiter über ihre Träume, wie sich vorstellte, eine große Fotografin zu werden, die für die angesagtesten Mode-Magazine fotografierte, um die Welt jettete und einen Auftrag nach dem anderen an Land zog. Unablässig und hart arbeitete sie dafür. Sehr unangenehm war es Samara, dass sie für diesen Urlaub ein Engagement absagen und verschieben musste. Doch Elisabeth überzeugte sie lieber den Urlaub zu machen und sich nicht gleich wieder in Arbeit zu stürzen. Angeregt durch die Unterhaltung über die Fotografie holte Samara ihre Kamera aus dem Wohnwagen und fing an, den Abend in Bildern festzuhalten. Sie hielt jene Momente fest; Den Moment als Robert und David lautstark über das Für und Wider der Besetzung der Brent Spar im letzten Jahr diskutierten. Wie sich Paul und Christian betrunken in den Armen lagen und schiefe Lieder sangen. Oder Elisabeth frierend auf dem Stuhl saß und lieb in die Kamera lächelte. All diese schönen Momente über Freundschaft und Halt waren nun gebannt.

Auf Zelluloid.

Die Nacht schwand dahin. Es wurde später. So stimmte Robert als einer der ersten an, Schluss für heute zu machen.

„Okay, das war's. Wir ziehen uns nun in unsere Gemächer zurück", sprach er in übertrieben höflicher Form und packte die Klappstühle zusammen.

„Alles klar!", antwortete Paul. „Und seid diesmal nicht so laut!" Paul grinste. Elisabeth schlug ihm auf die Schulter und versank peinlich berührt in ihrem Stuhl. Robert lachte.

„Du bist nur neidisch", rief er und streckte ihm wieder seinen Mittelfinger entgegen. Die Übriggeblieben am Feuer gackerten laut, eingemummelt in ihre dicken Decken. Schwankend schritten Robert und Samara zu ihrem Wohnwagen, begleitet von Pauls und Davids Kussgeräuschen.

„Hör auf damit", ermahnte Elisabeth mit hoher Stimme.

„Was denn?", stänkerte Paul zurück und tat so als ob er nichts verbrochen hätte.

„Du bist unmöglich!"

Der Mond zog im Laufe der Zeit ruhig über die Baumwipfel des nahegelegenen Wäldchens hinweg. Eingekesselt von jenen Bäumen, im Dunkel der Nacht, brannte das Feuer weiter runter. Im Hintergrund brummte der Generator und erzeugte, ohne zu mucken seine Energie, die direkt im Anschluss wieder in dunkelgelbes Licht und Wärme verwandelt wurde.

Laut knackte und knisterte es ab und an, verloderte Holzscheite rutschten in die Asche. Still saßen nur noch Christian und Paul, als einzige verbliebene, vor dem kläglichen Rest des ehemals pompösen Lagerfeuers.

Sie fixierten teilnahmslos die Glut, die ihre Hitze flimmernd rot-gold bis weiß abstrahlte. Der letzte Fisch lag noch da, wo ihn David hatte liegen lassen. Als letzte Amtshandlung nahm Christian ihn und warf ihn ins Feuer, so dass keine wilden Tiere oder Nager angelockt werden würden.

Ein Kautz startete unerwartet sein Rufen aus der schwarzen Wand heraus, die Nacht genannt wurde. Paul suchte mit müdem Blick nach dem Vogel und entdeckte ihn auf einem Ast eines etwas freistehenden Baumes. Der Mond stand exakt im Rücken des Kauzes. Seine Silhouette zeichnete sich deutlich vom gleißenden Weiß ab. Schmale Wolkenfetzten durchschnitten den Trabanten, der mittlerweile fast vollständig gefüllt war. Nur noch ein kleines winziges Stück der Scheibe fehlte. Die gelbgrünen Augen des Vogels leuchteten aus dem Schatten der Eule, betrachteten seine Beobachter selbst.

Starr.

„Ein Bartkauz", beschrieb Christian das Tier unaufgefordert und nippte an der Dose Bier, die Robert ihm noch dagelassen hatte.

Paul blickte irritiert zu Christian. Er verstand nicht, wie man das nur anhand des Lautes ausmachen konnte. Es waren ihm zu viele und zu tiefgründige Gedanken, die ihn auslaugten und erschöpften.

„Lass uns gehen."

„Hast recht, schon verdammt spät. Bis morgen!", verabschiedete sich Christian, packte seinen Campingstuhl zusammen, um ihn gleich in der Truhe neben Pauls Wohnwagen zu verstauen.

Paul schippte, bevor er ging, etwas Schnee auf die Feuerstelle und begab sich anschließend in seine Behausung. Elisabeth schlief bereits tief als er den Wohnwagen betrat. Betrunken setzte er sich auf die Sitzbank und zog seine Stiefel und Winterkleidung aus. Nackt stand er inmitten des Anhängers, holte sich ein Glas Wasser und versuchte, wenigstens so den voraussehbaren Kater des nächsten Morgens etwas lindern zu können.

„Fuck", dachte er sich. „Gleich ein zweites hinterher, sonst bin ich morgen tot." Paul kippte sich im Anschluss direkt zwei weitere Gläser Wasser zur Sicherheit in den Hals, schnappte sich seine Zahnbürste und setzte sich in die Ecke auf den Sitz, rieb sich die Augen und war froh über den kurzen Moment Ruhe. Während er noch saß, fing er an, sich die Zähne zu putzen. Als sein Mund mit Schaum zum Spucken voll war, stand er auf, spuckte den Schaum in das Waschbecken und spülte seinen Mund aus. Das eiskalte Wasser aus dem Hahn schmerzte höllisch an seinen frisch geputzten Zähnen. Eilig spie er das Wasser wieder aus, trocknete sich den Mund und ließ die Bürste klimpernd in den gläsernen Zahnputzbecher fallen. Die Toilettentür knarzte beim Öffnen und Schließen. Schwankend zog sich Paul seine Boxer-Shorts an, kuschelte sich anschließend unter die Decke zu Elisabeth und schlief kurz darauf ein.

***

„Paul!", rief es leise, doch Paul erwachte nicht.

„Paul", flüsterte es erneut. Durch eine sanfte Berührung an seiner Schulter wachte Paul auf und öffnete ruhig seine Augen.

„Was ist?", fragte er mit einem dröhnenden Kopf.

Elisabeth schlief.

So schnell erneut einschlafen, konnte er nun nicht mehr stellte er fest, schälte sich benommen aus der Decke hervor und saß augenreibend auf der Bettkante. Seine Blase drückte immens. Nun rächte es sich, dass er so viel Wasser getrunken hatte. Doch besser so, als morgen in der Früh einen Höllenkater zu haben. In dem Augenblick, in dem Paul aufstand, merkte er, wie es ihm am Oberkörper kalt wurde. Er fasste sich an seine Brust und fühlte die Nässe, die sich durch sein T-Shirt presste. Da wurde ihm erst bewusst, dass er beim Schlafen stark geschwitzt haben musste. Paul trocknete sich mit einem Handtuch, holte ein frisches und trockenes T-Shirt aus dem Schrank und warf es sich schnell über, um erneut in das Separee zu gehen und sich zu erleichtern. Seine Uhr verriet ihm, dass er gerade mal eine Stunde geschlafen hatte und ärgerte sich innerlich, dass er es zuvor am Abend einfach wieder mit dem Alkohol übertrieben hatte.

Das Knarzen der Tür empfand Paul diesmal eindeutig als zu laut. Besorgt schaute er zu Elisabeth rüber, die immer noch tief und fest schlief. Paul goss sich einen weiteren großen Schluck Wasser ein und trank ihn mit einem Zug weg.

„Paul!", zischte es erneut hinter ihm.

„Was ist Ella?", fragte er erschrocken, doch Elisabeth schlief immer noch tief und fest. Er tat es einfach ab und dachte, dass er sich nur verhört hätte, da Elisabeth, bedingt durch ihre Bauchlage, leicht schnarchte. Paul stellte das Glas leise auf den Tisch und bemerkte in dieser Sekunde ein leises Schleifen auf dem Dach.

Sein Blick schwenkte nach oben.

Allmählich kroch das Geräusch von einem Ende des Wohnwagens zum anderen. Paul folgte diesem zögernd, die Augen immer auf die Decke gerichtet. Mit jedem Schritt, bei den er diesem Geräusch folgte, knarzte der Boden unter seinen Füßen. Am Ende des Wohnwagens angekommen stand Paul vor dem Bett, in dem Elisabeth schlief. Er hatte nun den Eindruck, dass das Geraschel auf dem Dach sich im Kreis bewegte, manifestiert in einem melodischen Scharren. Paul drehte sich unweigerlich mit. Die Decke im Rotationspunkt festgenagelt, mit seinen Augen.

Für einen Wimpernschlag eines Momentes wurde die Gardine von außen verdunkelt. Paul schaute entsetzt zum Fenster.

Stille.

Vorsichtig bewegte er sich zur Luke, um die Gardine sanft zu lupfen und einen ängstlichen Blick nach draußen zu wagen. Der Mond schien ab und an durch die sich immer mehr zuziehende Wolkendecke hindurch. Scharf beobachtete der Mann im Mond Paul. Im graufahlen Licht mutete die Waldgrenze auf unnatürliche Weise, fragwürdig an, näher zu sein als sonst. Die Bäume schwangen aufgeregt im Wind. Doch es war nichts zu hören.

Paul riss seinen Kopf über seine linke Schulter als draußen ein Klirren zu hören war. Waren es die Flaschen, die durch den Wind zusammengestoßen wurden? Paul wendete, ging langsam und bedacht zum anderen Ende, um auch dort aus dem Fenster zu schauen. Über den Tisch gelehnt öffnete er schüchtern die Gardinen, um auch an dieser Stelle nach dem Rechten zu sehen.

Die Nadelbäume vollführten weiterhin ihren Tanz, doch direkt vor dem Wohnwagen war nichts von dem vermeintlichen Wind zu erkennen. Keine Bewegung und kein Geräusch.

„Paul", rief es deutlich hinter seinem Rücken und von links nach rechts. Schreiend schreckte er laut auf, drehte sich um, riss hierbei die Gläser vom Tisch, rutschte ab und landete unsanft mit dem Hintern auf dem Boden.

Vom Lärm geweckt rieb sich Elisabeth irritiert fragend die Augen.

„Paul, was machst du da eigentlich?"

„Mann, hast du mich erschreckt", stieß Paul wütend aus.

„Was ist los? Warum schleichst du hier so rum?"

„Irgendwas ist da draußen", antwortete er. „Das macht mich irre."

„Komm ins Bett kuscheln", befahl Elisabeth verschlafen und legte sich wieder hin.

Paul räumte die Gläser, die glücklicherweise durch den Teppichboden nicht zersprungen waren, auf und versuchte notdürftig die nassen Flecken am Boden und auf den Möbeln zu trocknen, bevor auch er sich mit einem erneut trockenen T-Shirt in das Bett zu Elisabeth legte und sich fröstelnd an sie kuschelte.

Sanft glitten ihm die Lider zu, um sie gleich, einen Moment später, wieder aufzureißen und starr vor Angst, dem Klopfen zu lauschen.

Tok – tok – tok, machte es. Derselbe Ton. Derselbe Rhythmus. Dasselbe Klopfen wie am See.

Tok – tok – tok. Sich immer wiederholend, drehend und dröhnend in seinem Kopf. Sein Puls schlug aufgeregt in seinem Hals.

Tok – tok – tok. Die ganze Nacht.

Tok – tok – tok.

Vierter Tag

Warmer Atem stieg dampfend Zug um Zug auf. Die Scheiben bildeten bereits ein Netz aus Eiskristallen aus, deren Verzweigungen millimeterweise frostig die Fenster und Wände hochkrochen. Die rote Sonne erhob sich bedächtig aus ihrer Nachtruhe, entfachte brennend die Morgenröte und läutete tosend so einen neuen Tag an. Mit einem Schrecken fuhr Paul hoch.

„Ella wach auf!", rief er und weckte seine Freundin. „Die Scheißheizung muss wohl ausgegangen sein. Es ist arschkalt hier."

„Dann mach sie wieder an!", stöhnte Elisabeth und mummelte sich noch tiefer in ihre Decke. Paul sprang aus dem Bett. Vor Kälte stellten sich ihm seine Haare auf, mit seinen nackten Füßen stand er auf dem eisigen Boden und versuchte die Heizung wieder zu entzünden. Vergebens.

„Geht nicht. Vermutlich ist das Gas alle", fluchte Paul. „Ich geh raus und Wechsel die Flasche."

„Mach das", rief Elisabeth dumpf, „und beeil dich!", ergänzte sie tief eingegraben unter ihrer Decke.

Noch völlig übermüdet von der anstrengenden Nacht zuvor zog sich Paul hastig an und verließ ihre Behausung. Durch Pauls Körper schlug ein weiterer Schreck als er das Lager vollkommen verwüstet vorfand. Strichartige Spuren führten um alle Anhänger im Kreis. Ausrüstung und Werkzeuge lagen weit verstreut in der weißen Gegend. Paul überlegte, was heute Nacht hier nur passiert sein könnte, ohne dass sie davon etwas mitbekommen zu haben. Doch das Problem mit der Heizung war akuter und so wollte er erst die Gasflasche tauschen, um den Caravan wieder heizen zu können.

Der Deckel zum Gaskasten schnarrte beim Öffnen als er ihn anhob, um den Druck zu prüfen.

Das Manometer zeigte es eindeutig. Null Millibar. Auch Klopfen half nichts, der Zeiger bewegte sich kein Stück.

Fünfzehn Meter durch den Schnee, bis kurz vor die Waldgrenze und wieder zurück, das war der Weg, den Paul gehen musste, um die gut vierundzwanzig Kilogramm schwere Flasche zu holen.

Mühselig wuchtete Paul eine neue Flasche aus dem Verschlag über den Platz und schloss sie an die Eingangsleitung an. Ein kurzer Dreh an dem Ventil, schon schoss die Nadel nach oben und zeigte knapp fünf Bar Druck an. Durch die Unruhe geweckt, kam nun auch Robert verschlafen aus seinem Wohnwagen.

„Verdammt", rief Robert erstaunt. „Was ist denn hier passiert?"

„Weiß ich nicht", antwortete Paul in Eile. „Ich komme gleich wieder, uns ist die Heizung über Nacht ausgegangen. Ich schmeiß sie nur kurz an."

Robert winkte bestätigend und machte sich daran, die über die Fläche verteilten Sachen wieder aufzusammeln. Nachdem Paul den Radiator wieder in Betrieb genommen hatte, stampfte er zum Wohnwagen von Christian und David. Mit voller Wucht hämmerte er gegen die Wand. Er kannte die zwei und beide waren dafür berüchtigt, dass sie liebend gerne lange im Bett blieben.

„Aufstehen ihr Schlafsäcke!", schrie Paul. „Es ist schon spät und wir wollen los." Paul hämmerte so lange gegen die Wand bis er eine Antwort erhielt.

„Schon gut, wir sind schon wach", rief David aus dem Inneren. Wenige Minuten später krochen David und Christian aus ihrer Unterkunft und verfolgten interessiert wie Robert und Paul dabei waren aufzuräumen. Der Schlitten lag auf der Seite, die Ski lagen einzeln verteilt umher. Teilweise unter den Stühlen, die selbst über den Platz verteilt waren. Kurz darauf brachte Elisabeth frisch gebrühten Kaffee zu den zwei Jungs, die diesen dankend entgegennahmen.

„Was ist passiert?", fragte Christian.

Robert stemmte sich die Fäuste in die Hüfte.

„Keine Ahnung, als wir aufgestanden sind, sah es hier schon so chaotisch aus. Paul denkt, dass es Wildtiere gewesen waren. Polarfüchse oder so."

„Polarfüchse? In dieser Gegend?", fragte Christian skeptisch. „Die sind doch viel zu klein, um solch eine Unordnung zu veranstalten."

„Bären kommen wohl auch nicht in Frage", sagte Elisabeth.

„Bären schlafen vermutlich jetzt", ätzte Robert.

„Sie ruhen eher, können aber schon noch aufwachen und rumgeistern", korrigierte Christian.

„Bist du neuerdings unser Haus- und Hofzoologe?"

Robert war genervt.

Christian deutete Roberts Reaktion

dahingehend, dass er in Ruhe gelassen werden wollte und wandte sich daher mit erhobenen Händen von ihm ab und zu den Spuren hin. Verwundert hockte sich Christian in den Schnee und erforschte sie genauer. Viele der Abdrücke waren nicht mehr vorhanden, bis auf jene, die noch nicht von seinen Begleitern bereits zerstört worden waren.

„Wenn, dann war es eher ein Vielfraß", vermutete Christian. „Mich irritiert aber, dass es so aussieht als ob sich dort etwas langgeschlängelt hätte." Christian zeigte mit seinem Finger entlang einer dünnen schmalen Linie, die sich eng an der Außenwand langzog. Die Linien würden eher zu einer Schlange passen, die es aber zu dieser Jahreszeit bestimmt nicht gab, war sich Christian sicher.

Elisabeth und David schauten Christian etwas verstört an. Zu dritt diskutierten sie über Sinn und Unsinn von Christians Aussage, bis Paul zu ihnen stieß.

„Ich glaub das reicht erstmal", sagte Paul, nahm Elisabeths Kaffee aus ihrer Hand und trank einen Schluck.

„Dann wollen wir mal!", scheuchte Paul die Gruppe auf. „Ski anziehen und dann geht's auf zur Schlucht. Bin schon ganz aufgeregt."

Die Freunde fühlten sich überrumpelt und gestresst, ob der plötzlichen Hektik, die Paul verbreitete.

„Los, los jetzt! Wir können unterwegs eine Pause machen und frühstücken."

Wie auf das Stichwort einer Souffleuse,

erschien Samara. In ihren Händen trug sie mehrere Behälter, deren Farbe sich, bedingt durch ihr rot, signalträchtig von der Umgebung abhob. Das Frühstück, auf das alle so sehnsüchtig warteten, wurde endlich gebracht.

„Ich habe euch Brote für unterwegs gemacht", sagte sie und drückte jedem eine Box in die Hand. Die Mägen der Jungs fingen unweigerlich an zu grummeln. Rasch steckten die Freunde die Behälter ein, bevor sie noch auf dumme Gedanken kämen und alles sofort aufaßen, um anschließend sich die etwas in die Jahre gekommenen, aber noch recht robusten Skier unter ihre Füße zu schnallen und trabten gemächlich davon.

***

Lange Streifen, paarweise, führten durch die Wildnis, teilten und zerschnitten sie. Lange Furchen, fast schon Narben in der Natur, ausgelöst durch fremde Körper, die aus dieser Natürlichkeit hätten herausgelöst werden müssen. Schwarz wie Hautkrebs erschien die Gruppe auf der Landschaft. Sechs Melanome. In Reih und Glied, auf diesem eingeschlagenen Weg, bis zu jener Stelle, an der sie sich festsetzten, um sich zu stärken vor dem, was noch vor ihnen lag.

„Ich fühle mich so im Arsch", beschwerte sich Paul bei Robert, während er sein Pausenbrot aus dem Rucksack holte. Robert schaute ihn fragend an.

„Was war los?"

„Scheiße Mann, es war echt verrückt. Ich bin aufgewacht, ständig habe ich irgendwas gehört, aber als ich rausgeschaut hatte, konnte ich nichts erkennen. Alles war ruhig."

Robert war irritiert.

„Die zweite Nacht schon, in der ich sowas hautnah mitbekommen habe", schilderte Paul das Erlebte weiter. „Und dieses ständige Klopfen, ich habe mir sowas von in die Hosen gemacht. Einschlafen ging gar nicht mehr. Irgendwann muss ich doch weggenickt sein und als ich die Augen geöffnet habe, war es Morgen."

„Okay", antwortete Robert zunehmend verunsichert.

„Vorgestern war bei mir auch was zu hören", mischte sich David in das Gespräch ein, nachdem er abseitssitzend zugehört hatte.

„Stimmt! Hattest du erzählt."

Paul erinnerte sich wieder an die Begegnung mit David in der Früh und war erleichtert, da er dachte, dass er schon halluzinieren würde.

„Ja! Und dann war ständig dieses Klopfen. Es hat mich zermürbt. Selbst dann noch, als ich mich dick in meine Decke eingewickelt hatte, konnte ich es deutlich hören", beschrieb David seine Situation.

Robert und Paul schauten David überfordert an.

„Wie ich es gestern schon sagte, es war bestimmt nur der Wind", winkte Robert ungläubig ab.

„Das war definitiv kein Wind", erwiderte David brüskiert.

„Was soll es sonst gewesen sein?"

Robert schnitt eine besserwisserische Grimasse.

„Weiß der Geier!", rief David. „Ich weiß was ich gehört habe, und nun Schluss. Wir müssen weiter", forderte David angesäuert auf. Schweigend verstauten sie ihre Sachen in den Rucksäcken, klemmten ihre Stiefel in die Bindungen und glitten los.

Den Pass vor ihnen. Schnurgerade führte er sie weiter. In eine Richtung, keine Umkehr. Eine Einbahnstraße zu ihrem Ziel. Nur vorwärts, zu jenem Platz, der sie euphorisch anzog und sie verheißungsvoll lockte.

***

GESPERRT, prangte in großen Buchstaben neben dem Wort LEBENSGEFAHR auf dem Schild. Umrahmt mit einem blutroten Kreis unterstrich es die Ernsthaftigkeit ihrer Aussagen. Immer wiederkehrend schallte die klare Botschaft:

‚Flieht! Hier gibt es keine Hoffnung!'

„Wollen wir wirklich dort hin?", fragte Samara ängstlich.

„Alles gut", beschwichtigte Paul. „Wenn wir uns an den Weg halten, passiert uns nichts. Im Winter ist dieser Pfad immer gesperrt."

„Das wird auch seine Berechtigung haben", zischte Samara.

„Wir laufen nur ein Stück rein und machen auch nicht den ganzen Rundgang", entgegnete ihr

Robert. „Keine Angst."

Der Steig vor ihnen machte ihr allerdings durchaus Angst und Samara misstraute den Verheißungen, dennoch wagte sie es nicht sich aufzulehnen, als sie die überglücklichen Gesichter der Jungs sah, die sich in ihrer Vorfreude gegenseitig abklatschten.

„Na dann", rief Paul und schwang als erster sein Bein über die Absperrung, gefolgt von seinen Freunden, die ihre Skier allesamt zurückließen.

Ein glitschiger, leicht eingeschneiter Treppenpfad führte die Freunde abwärts zur Schlucht. Der Wald aus Kiefern und Fichten, bedeckt mit Schnee und einigen wenigen Birkenbäumen, ließ nur sporadisch das Sonnenlicht durch. Steine am Rand führten die Gruppe ihres Weges. Immer tiefer hinab.

David mochte diese Treppen nicht und hatte sichtlich Mühe, sie in seinen Stiefeln herunterzulaufen. Mehrmals rutschte er dabei fast aus. Mit jedem Beinahefehltritt verachtete er sie mehr und mehr. Der Wind und die Sonne oberhalb der Bäume taten ihr Möglichstes, um den Schnee von ihren Kronen zu reißen, die unter dieser Schwere klagten. Meter für Meter rieselte das Pulver auf sie, landete mal neben ihnen oder mal vor ihren Füßen.

„Hört ihr das?", fragte David.

Robert lauschte.

„Nein, was soll sein?"

„Es ist einfach zu ruhig. Ich sehe die Wipfel sich bewegen, aber ich spüre keinen Wind. Total unheimlich, finde ich."

David Beobachtete ehrfürchtig die Kronen und fühlte dabei eine Kühle unter seine Kleidung huschen, die herzlos über seinen Rücken kroch und ihm eine Gänsehaut verpasste.

„Mach dir nicht ins Hemd David", rief Paul gelangweilt, der vor der Gruppe lief. Der Fußweg wand sich wie eine Schlange um die Stämme des Waldes, die wie ein Labyrinth aus schwarzen Pfählen die Freunde einzäunte und sie fest in ihre Route zwängte. Unbewusst. Wie Ratten in einem Labor. Nach wenigen hundert Metern wurde der Pfad allmählich flacher und die Klamm eröffnete sich vor der Gruppe. Eine Spalte aus Felsen, in braun und grau gehalten, schroff waren ihre Wände und Kanten, die senkrecht ihrer Tiefe lang abfielen, der Grund nicht sichtbar durch einen Teppich aus Nadelgehölz, nur ein Fluss, der rauschend im Grabenbruch entlangschoss war zu hören. Wasser kam aus jeder Pore der Kluft, das als gleich zu Eis und Zapfen erstarrte und alles in einen blauweißen funkelnden Traum dekorierte.

„Oh mein Gott", rief Elisabeth aus, als sie die Schönheit des mit riesigen Eiszapfen gespickten Abgrunds sah. Wie ein Flüstern hallten die Stimmen der Gesellschaft aus allen Ecken der Enge wider. Paul schaute über das hölzerne Geländer in die Tiefe. Die schneebedeckten Wipfel der ausgewachsenen Fichten endeten erst gute zwanzig Meter unter seinen Füßen. Paul erstaunte als er den Abgrund wahrnahm. Sein Magen fing gleich darauf an zu einem Kribbeln, das sich wegen der Höhe, die Paul zwischen sich hatte mit einem spitzen Ziehen bis in seinen Hoden vorstreckte.

„Schau dir das an! Verdammt ist das hoch!"

Robert, Samara und David gingen ein kleines Stück weiter den Weg entlang, der einmal rings um den Schlund führte. Samara schoss ab und an ein Foto der Hänge, dem Eis und der Flora. Das Klacken ihres Auslösers hallte unablässig durch den Engpass. Sie konnte nicht aufhören endlos Fotos zu schießen. Ein Motiv war schöner als das nächste. Immer wieder löste sie aus. Nahaufnahmen, Portraits oder im Weitwinkel. Samara dokumentierte alles. Tauschte Rolle um Rolle und war eins mit dem Geschehen, hatte eine genaue Vorstellung über einen Bildband ihrer Reise im Kopf, den sie nach dem Urlaub erstellen würde.

Paul und Elisabeth, die sich in der Zwischenzeit etwas von der Gruppe abgesetzt hatten, erkundeten die Gegenrichtung. Die Glätte auf dem Rundlauf machte die ganze Tour zu einem nervenaufreibenden Abenteuer unter latenter Todesgefahr.

„Uh!", rief Elisabeth, „ganz schön glitschig hier."

„Ja, pass bloß auf und halt dich gut fest Schatz", riet ihr Paul, der wie auf Eiern versuchte, durch den Schnee zu laufen, der auf den Metallhalterungen der Überführung einen schlüpfrigen Film bildete. Eine kleine Linkskurve schlug der Steg ein und verschwand hinter der

Felswand, die fast gerade wie ein Lot senkrecht in die Höhe ragte, gespickt mit kleinen Kanten, auf denen in der warmen Jahreszeit Gräser und Blumen Halt und Schutz fanden. Elisabeth und Paul folgten der Passage. Bammel schlug ihnen in die Magengrube, ausgelöst durch das seichte Schwanken, das sie durch ihre Schritte heraufbeschworen.

„Oh!", stieß Paul überrascht aus als sie um die Biegung herumtraten. „Was ist denn hier passiert?"

Paul und Elisabeth standen vor einem abgestürzten Baum, der offensichtlich von der darüberliegenden Felswand abgerutscht und auf den hölzernen Steg gekracht und dabei in zwei Hälften zerbrochen war und dessen oberer Teil weiter in die Spalte gestürzt war. Paul schaute über die Brüstung, in der Hoffnung das andere Ende des Baumes am Talgrund ausmachen zu können. Doch der Wald unter ihm hatte alles verschlungen.

„Sieh mal", rief Elisabeth erstaunt. „Der Baum blutet." Sie begutachteten fasziniert den Bruch und prüfte die rote, klebrige Flüssigkeit, die an der Bruchstelle ausgetreten war.

Paul überlegte.

„Hmm? Sieht komisch aus. Normalerweise ist Harz nicht so rot."

Mit dem Daumen und Zeigefinger unter seiner Zunge pfiff Paul die Gruppe zu sich.

„Leute kommt her, wir müssen hier entlang. Da hinten ist die Hängebrücke, zu der ich mit euch will."

Nur wenige Minuten später standen alle sechs

vor der abgestürzten Kiefer und schauten genauso verwundert auf die Abtrennung.

„War der Baum krank? Kommt das von einem Pilz?", fragte Robert nachdenklich.

„Pfff, nicht den blassesten Schimmer", antwortete David. Seine Finger glitten über die Kante, die zackig und grob zersplittert vor seinem Gesicht war. Die Rinde, braun strukturiert und das Holz hell, fast schon gräulich, zeigte, dass es wohl schon länger dem Wetter ausgesetzt war.

„Aber schau mal hier das Kernholz, dass sieht noch merkwürdiger aus oder täusche ich mich?" David puhlte mit seinem Finger weiter da drin rum. „Sieht aus wie Wirbel finde ich."

„Ah! Quatsch", reagierte Robert ungläubig und wischte Davids Bemerkung einfach weg. „Lass mich mal ran, mich interessiert es mehr wie alt der Baum war." Robert sah sich nun das Holz genauer an und versuchte die Ringe einigermaßen zu zählen. Dunkel, hell, dunkel, hell, an einigen Stellen dicker und ab und an wieder filigran, kreisten sie um die Mitte des Stammes. Viele dieser Kurven.

„Siebzig, einundsiebzig, zweiundsiebzig. Der Baum ist mindestens zweiundsiebzig Jahre alt. Und du hast recht. Der Kern sieht wirklich wie ein Wirbel aus", kommentierte Robert erstaunt. Das Holz streichelnd ging er in Richtung Felswand, bis zu den Wurzeln, die etwa auf Kopfhöhe gegen den Hang gelehnt waren.

„Kommt weiter Jungs", befahl Paul, der zwischenzeitlich mit den Freundinnen und Christian unter dem Baum hindurch auf die andere Seite gegangen war. Paul zeigte auf den Übergang auf die andere Seite der Schlucht, über zu die er die Freunde führen wollte und winkte die Nachzügler zu sich.

Unberührten Schnee trug die Brücke auf ihren Planken. In Watte gepackt, kniehoch, sauber und glatt poliert in einem eleganten Bogen fünfzig Meter weit, zwischen Klippen eingerahmt, die Wipfel unter ihr fließend, wie Wellen auf dem Wasser eines Flusses. Imposant wartend auf den nächsten Besucher.

„Da willst du rüber?", fragte Christian Paul.

„Nur bis zur Mitte", wies er ihn hin und deutete zu jener Stelle, an dem die Brücke am tiefsten hing. David legte seine Hand freundschaftlich auf Christians Schulter.

„Sieht rutschig aus", sagte David, während sein Griff Christians Schulter fester umklammerte. Leichter Schwindel überkam ihn beim Blick vom Rand in die Tiefe. Die Bewegung am Grund zwang ihn, sich im gleichen Rhythmus mitzuschwingen. Sanft, fast unmerklich. David machte einen Ausfallschritt nach hinten.

„Vorsicht", rief Samara und stützte ihn, der taumelnd fast umkippte. „Alles gut?", fragte sie anschließend.

„Alles gut. Durch die Bewegung der Bäume ist mir nur schwindelig geworden", antwortete David.

„Ich finde es immer noch faszinierend", fing Robert an zu schwafeln. „Da unten bewegen sich die Wipfel und hier oben spürst du absolut keinen Wind."

Elisabeth blieb stramm am Rand stehen und linste nur mit ihren Augen krampfhaft und ängstlich den Abhang hinunter. Wispern drang an ihr Ohr, machte sich breit in ihrem Kopf. Das Dunkel des Waldes schien unaufhaltsam auf sie zuzukommen, um sie sogleich von der Kante zu reißen und verschlingen zu wollen.

Elisabeth zuckte zusammen. Paul hatte sie mit seiner Hand berührt.

„Bei dir auch alles okay?"

„Ja", antwortete sie. Schweiß bildete sich auf ihrer Stirn. „Die Tiefe und die Bewegung hat mich nur irritiert."

„Okay." Paul küsste Elisabeth auf ihre Mütze.

„Wer kommt nun mit?", fragte Paul in die Runde. Bis auf David winkten alle ab.

„Ich komm mit. Bestimmt eine geile Aussicht." David und Paul legten ihre Rucksäcke ab und stellten sie an die Steilwand hinter ihnen. Samara widmete sich zwischenzeitlich wieder der Fotografie. Sie hatte schon beim Hinschauen fürchterliche Angst und knipste, zur eigenen Ablenkung, ein paar Bilder der Brücke und ihrer Umgebung.

Paul und David motivierten sich gegenseitig, stachelten sich an und schlugen klatschend wie zwei Armdrücker die Hände ineinander. Sie grinsten und wandten sich der Brücke zu.

Schmal. So konnte man sie einfach beschreiben. Endlos auch. Wie lange sie schon hing konnte keiner abschätzen, geschweige denn, wann sie jemand das letzte Mal betreten hatte. David zögerte.

Achtsam, aber auch scheu erstieg er zuerst die Hängebrücke. Paul folgte ihm unbesorgt.

Schritt für Schritt schoben sie den Schnee beiseite, der lautlos und schnurgerade in den Abgrund fiel. Mit jedem Meter schwang die Konstruktion mehr und mehr.

„Halt dich fest David!", mahnte Paul.

Robert gesellte sich zu Samara, die sich etwas abseits der Brücke aufhielt und weiter ihre Fotografien anfertigte, während Christian und Elisabeth die zwei auf der Brücke gespannt beobachteten. Die Spannung in ihren Gesichtern verleitete Samara dazu unweigerlich weitere Portraits anzufertigen, da sie wusste, dass solche Momente nur höchst selten vorkommen, in denen sie Christian ungestört ablichten konnte. Sie verstand dies zu nutzen, da Christian nur ungern von sich Bilder mochte.

„Wir haben es gleich geschafft", frönte David, der sich etwas vorgebeugt und furchtsam an der Balustrade festklammerte. „Bleib mal bitte stehen Paul", rief David ernst. „Wenn wir beide uns bewegen wackelt die Brücke zu stark."

Paul blieb stehen.

Zittrig und bedacht stellte David sich auf. Mit weichen Knien ließ er die Reling los und ging im tiefen Schnee allmählich weiter.

„Alles klar", rief David fast in der Mitte angekommen, um beim letzten Schritt durch die kniehohe und schneebedeckte, okkulte Lücke zwischen den Streben, in die Bodenlosigkeit zu stürzen.

„David!", schrie Paul. Schockiert schrien Elisabeth und Christian wie aus einem Mund, unfähig auch nur einen Gedanken fassen und begreifen zu können, was just in der Sekunde geschah.

Samara und Robert sahen fern der Brücke über den Steg, wie Davids Schatten durch den Schnee gesaugt und seinen Körper, wie ein Rad in der Luft drehend, in sein Verderben stürzte.

Samara kreischte und blieb in einer Schockstarre stehen. Ihr Fotoapparat glitt aus der Hand und fiel neben ihr auf den weichen Boden.

Christian rannte lautstark brüllend auf die Brücke.

„David!"

„Stopp Christian!", befahl Paul und streckte ihm seine Handfläche entgegen und hatte allerlei Mühe gestenreich ihn zurückzuhalten, so dass Christian David nicht auch noch hinterher gesprungen wäre.

Christian schrie Davids Namen erneut in den Schlund. Er wiederholte seine verzweifelten Rufe und beobachtete hängend über der Absperrung, wie sein Freund nach drei Sekunden schrill und gnadenlos von der Dunkelheit verschluckt wurde.

***

Drehend wurde die Brücke für David immer kleiner. Die Schreie seiner Freunde potenzierten sich in seinem Kopf als sich überlagerndes Echo, während seine eigenen Rufe wie weit aus der Ferne zu sein schienen.

Immer stockender, in einzelnen Bildern entfernte sich die Brücke mit seinen Kameraden, die mit ihren Armen David versuchten zu umgreifen und zu retten. Gequält streckte David sich, doch es war zu spät. Immer weiter fiel er.

Brücke, Bäume, Brücke, Bäume auf die er immer rasanter getrieben, in einem Wirbelsturm aus Angst, Panik und Grauen zustürzte.

Bevor ihm bewusst wurde, was mit ihm geschah, krachte David bereits mit seinen Schultern auf die ersten Äste. Vorne übergeschleudert traf sein Gesicht einen weiteren Ast, der ihn gleich wieder zurück katapultierte. Seine Arme gelähmt flatternd im Wind des freien Falls.

Sein rechter Arm verfing sich unerwartet in einer Astgabel, die nach oben gestreckt abstand, wodurch seine rechte Schulter vollständig ausgekugelt nachhinten geworfen und sein Unterarm am Ellenbogen mit einem Plop wie bei einem Knallbonbon abgerissen wurde. Stumm starrte David auf die Überbleibsel, bis er mit dem Gesäß voran, krachend auf einen überdimensionalen, moosbewachsenen Ast schepperte.

Seine Lendenwirbel zermalmten. Jede einzelne Fraktur spürte er. Blut schoss ihm aus seinem Mund. Er jaulte und jammerte röchelnd auf. Eisengeschmack umspülte seinen Gaumen. Zu seinem Unglück blieb David bei vollem Bewusstsein auf dem Stamm liegen und überlebte den Sturz.

„Hilfe!", flehte David mit letzter Kraft, nach kurzen Augenblicken der Benommenheit. Sein

Weinen schnürte ihm den Hals zu. Das Klima unter den Bäumen war unerwartet. Ganz anders als oben in der Schlucht. Feuchtwarm, fast schon tropisch. Die Umgebung wurde in einem dunkelgrünen fahlen Licht getränkt. Der Himmel von den Zweigen bedeckt. Doch das alles nahm David nicht wahr. Verwirrt. Ängstlich. Alleine kauernd lag er da, auf seinem mit Moos bezogenen Sterbebett.

„Ahh!", jaulte David in Schmerzen. „So helft mir doch, bitte", bettelte er weiter. Sein Herz pochte ihm bis zum Hals und pumpte mit jedem Schlag einen Schwall Blut aus seinem Stumpf, dessen klägliches Ende das halbe Gelenk seines Ellenbogens bildete. Panisch beobachtete David die Umgebung und bemerkte, wie ein gelbgrünes schleimpilzartiges Gebilde ruhig auf sein Armenende zukroch.

Mit kleinen Fäden und spitz zulaufenden Scheinfüßchen, die tentakelähnlich wie Nesseln nach vorne schossen, zog es sich langsam zu dem warm blutenden Nährstoffspender heran. David kreischte und versuchte sich wegzudrücken, nach hinten zu strampeln, aber seine Beine gehorchten ihm nun nicht mehr.

Er war gelähmt.

Der Schleimpilz tastete sich gemächlich an seinen Stumpf heran und fing kurz darauf an, ihn zu benetzen. Selbst der Versuch den Rest seines rechten Armes vor dem Wesen wegzuziehen scheiterte, denn dieser wurde nur noch von seiner Haut der Schulter fest ummantelt. Leb- und nutzlos vegetierte er neben David. Sein linker Arm ebenso zerschmettert, war er selbst zur Untätigkeit verdammt und konnte so nur noch hilflos, panisch und mit Entsetzen in seinem Gesicht zuschauen, wie das Ding seine Wunde am Oberarm endgültig umschloss.

Pulsierend labte es sich an seinem Blut, mit jedem Zug die Farbe wechselnd von grün zu schwarz und wieder zu grün. Die feinen Strukturen seiner Bahnen, durch die es Davids Blut saugte, bildeten sich kontrastreich durch die Oberfläche ab.

„Ahh! Bitte rettet mich", beschwor David weiter und weinte. „Es frisst mich!"

David schrie laut auf.

Fixiert auf das Wesen an seinem Arm und unfähig seine Beine zu spüren, bemerkte David nicht, wie kleine Baumwurzeln dieselben hochwuchsen. Schmal und dünn, wie Strohhalme zwirbelten sie sich entlang seines Schienbeines, der Waden und der Oberschenkel, um sich am Schluss unter seine Jacke zu schieben. Als sich die Verästelungen in seinen Bauch unter die Rippen bohrten spürte er das Ende kommen. David plärrte immer lauter und jämmerlicher. Die Wurzelabdrücke waren deutlich sichtbar unter seiner Haut. Erhaben, wie ein Relief.

Rippe für Rippe umschlangen sie und jeden Zentimeter, den sich die Äste vorgruben, spürte David mit Brennen in der Bauchhöhle und unter seiner Haut.

„Warum hilft mir keiner? Ahh! Bitte! Mama! Es brennt so! Ahh!", wimmerte er und verlor alle Hoffnung, denn verdammt in Schmerz und Leid, konnte ihn niemand mehr retten. Kurz vor seinem

Kehlkopf traten die Äste wieder an die Oberfläche der Haut zum Vorschein, um sich langsam an seinem Bart und Gesicht hochzuziehen und dabei dünne und kleine blutende Kratzer zu hinterlassen. David versuchte vergebens seinen Kopf und Körper wegzudrehen, schielte entsetzt nach unten und konnte dennoch nichts sehen. Denn mittlerweile marterten ihn weitere Äste und Wurzeln an den Stamm, auf dem er immer noch auf Moos gebettet lag und sich, wie ein Sarg, um ihn sukzessive schloss.

David schlug nun zu einem endlosen Dauerton an. Die Wurzeln und Äste, inzwischen zu Fingerdicke angeschwollen, bohrten sich in Mund und Nase. Unaufhaltsam drangen sie wurmartig in seine Körperöffnungen im Gesicht, sich immer weiter ausdehnend, bis seine Haut riss und platzte und er endgültig geknebelt verstummte.

Das ist es. Dessen war sich David nun klar. Es ist dieser eine Moment, der Moment, der noch vor fünf Minuten so weit weg, gar unmöglich erschien.

Das Momentum - das des Todes.

David Pike starb.

***

„David!", brüllte Christian hinunter. Behutsam und ängstlich ging Paul rückwärts von der Brücke. Angekommen bei Christian, der weinend auf den Bohlen der Brücke saß, drehte er sich vorsichtig um und animierte ihn aufzustehen.

„Komm, wir müssen von der Brücke", forderte Paul und spielte dabei hilflos den starken Mann, um seine Freunde nicht weiter in Panik zu versetzen.

„Hilfe!", schallte es kaum merklich von unten hoch. Christian sprang auf und hängte sich über die Brüstung.

„David! Hörst du mich?", rief er aus voller Kraft. Paul hielt Christian, aus Angst er könnte plötzlich hinunterstürzen, an der Hose fest.

„Hört ihr das? Er lebt noch", wies Christian mit Tränen erstickter Stimme darauf hin. „Wir müssen ihm helfen", forderte er seine Freunde auf.

Robert, Elisabeth und Samara bildeten bereits eine Dreiergruppe, die sich fest umarmte und gegenseitig Trost spendete. Immer wieder wurde ein leises Schluchzen aus der Gruppe vom Wind herübergetragen.

„Wir müssen runter und ihm helfen!", flehte Christian auch Paul an.

„Wie denn ...?!", erwiderte Paul lautstark. „Wir haben keine Möglichkeit da hinunter zu kommen."

Paul umgriff fest die Schultern von Christian.

„Wir ... können ihn da unten ... doch nicht sterben lassen", war Christians stotternde, entsetzte Antwort.

„So helft mir doch, bitte", hallte es nun deutlicher aus der Schlucht. Christian beugte sich wieder über die Seile der Brücke.

„David halte durch, wir kommen zu dir!", rief Christian in die Tiefe. Paul packte Christian erneut an der Schulter und zog ihn zu sich.

„Wir müssen von der Brücke runter", befahl Paul wiederholt.

Christians Augen waren rot verquollen.

„Nein!", brüllte er ihm darauf direkt ins Gesicht. „Ich lasse ihn nicht zurück!"

Paul merkte, dass er bei Christians emotionalem Zustand mit Druck nicht weit kommen würde. Paul überlegte, wechselte die Tonlage und versuchte ihn nun mit Ruhe und Besonnenheit zu überzeugen.

„Lass uns wenigstens von der Brücke, dann überlegen wir was wir machen können."

Christian sah ein, dass es nichts bringen würde hier weiter Theater zu veranstalten. Schleichend gingen sie so von der Brücke. Paul hielt Christian im Arm. Ein weiterer Schrei durchdrang die Baumkronen. Erschrocken drehte sich Christian nochmals um.

„Hast du das gehört?", fragte Christian verstört und traute seinen Ohren nicht. „Hat er gesagt, es frisst mich?"

„Er ist bestimmt schwer verletzt und hat einen Schock", versuchte Paul das Gehörte zu erklären. „Komm, wir müssen endlich von der Brücke runter, falls sie einkracht." So begleitete Christian Paul schlussendlich von der Hängebrücke.

„Warum hilft mir keiner? Ahh! Bitte! Mama! Es brennt so! Ahh!", drückten die jämmerlichen Hilferufe von David aus dem Wald unter den Freunden zu ihnen hoch.

Auf dem zugeschneiten Boden sitzend, fing Christian wieder an fürchterlich zu weinen. Samara und Elisabeth taten das Gleiche und spendeten sich gegenseitig Halt. Verzweifelt schauten Paul und

Robert in den Abgrund und versuchten krampfhaft zu überlegen, wie sie David helfen könnten.

„David?", rief Robert in die Schlucht und hoffte auf eine Antwort. Nichts.

„Was machen wir nun?"

„Ich weiß es nicht", antwortete Paul ratlos. Davids Rufen verwandelte sich unterdessen in einen ununterbrochenen dauernden Notschrei, der abrupt in absoluter Stille endete. Fernes Knacken und Brechen wie von Ästen schallte den Freunden entgegen. Paul und Robert verstanden nicht, was dies zu bedeuten hatte.

„David?", rief Paul.

Stille.

Sie lauschten noch einige Minuten der Ruhe, in dem Vertrauen, doch noch ein Lebenszeichen von David zu vernehmen. Doch ihre Hoffnung wurde nicht belohnt.

Enttäuscht und in der Gewissheit, dass sie ihren Freund David nun endgültig verloren hatten, hockte sich Paul auf den Boden und weinte ebenfalls. Die Freunde brauchten lange, um sich wieder zu sammeln und ihre Kraft zum Aufstehen finden zu können. Doch als die Sonne anfing sich unaufhaltsam in Richtung des Horizonts zu bewegen, brachen sie schließlich auf und machten sich auf den Heimweg zurück zu ihrem Lager.

***

Auf dem Rückweg war keiner der Gefährten in der Lage auch nur ein Wort zu reden, geschweige denn in ihrem Gemütszustand auch nur auf Skiern zu fahren.

Christian heulte hängend, aber gestützt zwischen Robert und Paul. Wandernd durch den Wald, wurde Davids Rucksack ebenso von Elisabeth und Samara getragen, wie dessen und Christians Skier. Der Weg war noch weit und zu Fuß deutlich zeitraubender und anstrengender als wenn sie gefahren wären. Doch es war ihnen nicht möglich. Immer wieder tauchten die Bilder vor ihrem geistigen Auge auf. Das entsetzte Gesicht von David. Sein Schreien beim Fall. Sein Flehen am Boden. Ständig kreisten diese düsteren Gedanken in ihren Köpfen, wollten nicht aufhören. Christian löste sich von Robert und Paul und deutete an, dass er sich soweit fühlte, um wieder ohne Hilfe gehen zu können. Er bat um etwas Abstand. Die Freunde gingen darauf einige Meter voraus und ließen ihn für sich.

Tief durchatmend, die Lider geschlossen, das Gesicht dem etwas bewölkten Himmel entgegengestreckt, stand Christian mit den Händen in seine Hüfte gestemmt da. Nutzte für einen Moment die Ruhe, sammelte Kraft. Kraft, um weitergehen zu können.

Christina schloss im Anschluss zu den Freunden wieder auf und so gingen sie weiter. Still und schweigend.

Eine klitzekleine Schneeflocke schwebte leicht und andächtig kurze Zeit später vom Himmel hernieder. Kreiselnd und immer wieder vom Wind emporgehoben hatte man den Eindruck sie verfolge Christian kichernd und absichtlich. Pirouetten drehte sie genauso schnell und elegant wie Schrauben und

Saltos. Immer dem Kopf von Christian hinterher. Freudestrahlend kam sie ihm immer näher, um alsbald auf seiner Mütze zu landen und seufzend dahin zu schmelzen. Auf diese eine Schneeflocke folgten zwei weitere Flocken, die ebenso ihr Eis-Ballett vollführten, sich gegenseitig in ihre Arme hakten sich lächelnd, umeinander wirbelten. Lachend und freudig, um sich am Ende ihres Daseins an die Nase von Samara zu klammern und sich in ihrer neuen Bestimmung als Wasser zu entfalten.

Aus diesen zwei wurden vier, dann acht, sechszehn, zweiunddreißig und schon bald Millionen kleiner aggressiver Splitter, die aus einem Grau des Himmels gegen ihre Gesichter peitschten und donnerten. Mit einer Eiseskälte schossen sie wie kleine Gewehrkugeln umher und verhagelten mit ihren Salven den Freunden ihre Heimkehr. Der Wind drückte immer wieder zurück und behinderte sie dabei zügig voranzukommen.

„Wo kommt dieser Sturm denn so plötzlich her?", fragt Robert irritiert und hielt sich seine Mütze fest.

„Woher soll ich das wissen?", fauchte Paul. Für Christian blieb nun keine Zeit mehr zum Trauern. Er musste mithelfen, dass die Ausrüstung bei diesem Wind nicht verloren ging. So vergingen die Stunden ermüdend und zäh, bis sich die Freunde ausgemergelt und kraftlos in das Lager schleppen konnten. Der Schneesturm tobte weiter über ihre Köpfe. Achtlos ließen die Freunde die Skier in den Schnee fallen und entledigten sich so der Last.

„Komm, wir wärmen uns bei Elisabeth und mir auf", schlug Paul vor. Alle nickten und folgten ihnen in den Wohnwagen.

Traurig und deprimiert saßen kurz darauf alle fünf Begleiter um den Tisch und aßen eine warme Suppe, die Elisabeth für sie zubereitet hatte.

„So eine Scheiße ...!", fluchte Paul und schlug lautstark auf den Tisch. „Das Wetter scheint sich ja nun zu beruhigen", sagte Elisabeth und versuchte Paul zu besänftigen. „Wir machen uns morgen früh gleich auf den Weg."

„Schon gut", antwortete Paul frustriert. Ihm war selbst seine Überreaktion unangenehm.

„Kann ich heute bei euch bleiben?", fragte Christian sichtlich niedergeschlagen von den Erlebnissen.

„Na klar", tröstete ihn Elisabeth. Kleine Tränen flossen ihm über das Gesicht.

„Keine Ahnung, ob wir auch einschlafen können", sagte Robert, „aber wir gehen jetzt zu uns rüber."

„In Ordnung", antwortete Paul, „aber wenn ihr noch bleiben wollt, dann könnt ihr das ruhig machen", ergänzte er und rieb sich mit beiden Händen über sein Gesicht.

Robert und Samara winkten freundlich ab und verabschiedeten sich, verließen den Anhänger in die Kälte und stampften durch den Schnee zu ihrem eigenen Camper.

Paul schälte sich nur noch aus den nötigsten Klamotten, um sich anschließend abgekämpft in das

Bett zu legen. Zusammengekauert auf der Sitzbank war Christian vor Erschöpfung bereits eingeschlafen. Elisabeth holte eine Decke und legte sie ihm liebevoll und mütterlich über seinen Körper. Vorsichtig schnürte sie die Stiefel auf, zog sie sachte ab und streichelte ihm im Anschluss sanft über sein Haar.

„Schlaf gut", sagte sie beruhigend zu Christian. Auch Elisabeth schaffte es sich nur noch ihrer Kleidung zu entledigen, um sich gleich darauf unter ihre Decke an Pauls warmen Körper zu schmiegen und augenblicklich einzuschlafen.

Fünfter Tag

Heller Schimmer, in einen rotorangen Ton, schemenhaft veränderte sich die Lichtflut. Paul öffnete seine Augen, auf denen die Sonne ihre Strahlen drückte, durch einen Spalt in der Gardine vor dem Fenster, direkt auf sein Gesicht. Zärtlich warm begrüßten sie ihn. Ein großartiger, neuer, herrlicher Tag hatte begonnen. Paul fühlte sich erholt und frisch. Den Moment genießend blieb er noch etwas liegen. Voller Freude und Tatendrang beobachtete er blinzelnd und lächelnd das Geäst der Bäume, das im Gegenlicht der Sonne sich tänzerisch bewegte, ihm scheinbar zuwinkte, ihn begrüßte, ihm herzlich einen wunderschönen sonnigen guten Morgen wünschte. Der Himmel strahlte treu in klarem blau, gestreift mit Federwolken, die sanft, anmutig und behaglich, quer gezogen über das Firmament flanierten.

Paul atmete tief durch die Nase ein, um das Belebende dieses neuen Tages aufzunehmen und in jeder einzelnen Zelle zu deponieren. Er streckte und schaute sich fragend umher, wo Elisabeth war. Von draußen vernahm er ihre Stimme, sich unterhaltend mit jemanden. Paul setzte sich auf die Bettkannte und vergrub sein Gesicht gähnend in seinen Händen, um den Schlaf nun endgültig zu vertreiben. Etwas benommen und orientierungslos sondierte er die Umgebung und fragte sich gelassen, was ihm diesen schönen Tag eigentlich noch verderben könnte?

Seine Miene erstarrte, als er seine schmutzigen Sachen, die einfach zu einem Haufen aufgetürmt waren, am Boden liegen sah. Der Stich in sein Herz, den er in diesem Augenblick verspürte, glich einer heißen Nadel, die sich langsam und grausam von oben nach unten durch seine Brust in seinen Magen durchdrückte. Dann fiel es ihm auf, das leise Schluchzen und Wimmern von Samara, der Versuch von Elisabeth ihr Trost und Halt in dieser schrecklichen Zeit zu geben, der Moment, der gerade einmal wenige Stunden her war. Der dennoch bereits so weit weg erschien und sich jetzt wieder mit seinen Ellenbogen vordrängelte und in den Vordergrund stellte. Der wie eine ungezogene Göre im Supermarkt am Boden schreiend und strampelnd Aufmerksamkeit forderte, egozentrisch „Hier" plärrte, ich bin da, ich gehe nicht mehr weg.

Tränen rannen Paul die Wangen hinunter.

Robert und Christian standen um Samara, die ihr Gesicht weinend in die Schultern von Elisabeth drückte. Erwartungsvoll schauten sie zu Paul, der soeben aus dem Unterschlupf kam, um die nächsten Anweisungen zu hören, in der Hoffnung, dass er sie aus diesem Dilemma führen und retten würde können.

Paul überlegte einige Sekunden, um im Anschluss anzuweisen: „Packt nur das nötigste zusammen. Wir nehmen die Skier und verschwinden. Das Wetter sieht gut aus. In wenigen Stunden sind wir bei den Autos."

Robert und Christian nahmen die Rucksäcke, legten alles Wichtige rein, schnallten ein paar Decken auf den Schlitten und machten sich mit den Brettern unter den Füßen bereit, um aufzubrechen. Paul studierte derweil seine Faltkarte genau und versicherte sich, dass sie auch die Richtung wieder einschlagen würden, aus der sie vor fünf Tagen gekommen waren. Das flache Land des Hochtals, die kleineren Bergketten und Hügel. Das Lager, eingekesselt vom Forst, der sich gleichmäßig kilometerweit ins Landesinnere erstreckte, bis zum Fuß des Skandinavischen Gebirges.

„Siehst du die Baumkette da hinten auf dem Hügel?", fragte er Robert und zeigte auf den kleinen Berg mit den charakteristischen Bäumen. Robert nickte bestätigend. „Auf den müssen wir zu halten. Dann rechts den Hügel runter bis zu diesem Bachlauf." Paul zeigte den geplanten Weg entlang der Landkarte. „Den Bach abwärts folgen und dann sollten wir hier auf die Brücke stoßen. Und kurz danach sind unsere Karren."

„Okay", antwortete Robert und überlegte. „Macht es nicht mehr Sinn, diesen Weg bis zur Straße zu nehmen und ihr dann bis zu den Autos zu folgen?", hinterfragte er Pauls Vorschlag.

Paul hatte ein ungutes Gefühl. Der Winter hatte die Straße verschlungen und da sie diesen Verlauf nicht kannten fühlte Paul sich sicherer an Altbewährtem Orientierung zu suchen.

„Das ist zwar die übliche Route, aber wir sind diesen Weg nicht hergekommen. Er ist länger und ich befürchte, dass wir uns dann noch eher verlaufen könnten", gab Paul zu bedenken.

Robert zeigte in die entgegengesetzte Richtung.

„Schau, wenn wir diesem Pfad da folgen und immer geradeaus gehen, dann sollten wir auf die Straße treffen", erklärte er während er Paul die Route auf der Karte zeigte. „Mit den Skiern sollte es noch einfacher sein und auch wenn die Straße meterhoch eingeschneit ist, wir müssen nur der Waldschneise folgen. Wir können uns dabei nicht verlaufen", argumentierte Robert und versuchte ihn so zu überzeugen.

Die Skepsis war Paul weiterhin deutlich anzusehen, er rief daher Christian zu sich und legte ihm beiden Optionen dar. Christian überlegte eine Weile und entschloss sich darauf, den Vorschlag von Robert zu unterstützen.

„Lass uns den eigentlichen Weg nehmen", riet er „Der ist zwar länger, aber bestimmt nicht so anstrengend, als wenn wir direkt durch die Wildnis marschieren würden. Wir müssen praktisch nur bergab", merkte er an.

„Okay, dann machen wir es so", entschied Paul, faltete die Karte zusammen und schnallte sich den Schlitten um.

„Alle bereit?"

„Bereit!", riefen die Freunde und machten sich auf den Weg.

***

Meter für Meter entfernten sich die Wohnwagen des Camps. Ihre dreckige Verschalung hob sich deutlich von ihrer Umgebung ab. Eingebettet in einem Waldstück, unterfüttert vom grellen, blendenden Weiß des Schnees, wirkten sie wie deplatziert.

Elisabeth schaute immer wieder zurück. Blick für Blick wurden die Wägen immer kleiner und winziger, bis sie vollends vom Wald hinter dem Hügel verschluckt wurden.

Elisabeths Gedanken ankerten wieder bei David, dessen Körper, der mittlerweile zu Eis erstarrt unten in der Schlucht lag. Einsam und immer noch auf Hilfe wartend, die Arme ausgestreckt, um die Retter sogleich zu empfangen, sein letzter Gedanke, „Warum?", eingefroren, genauso wie sein verzweifelter Gesichtsausdruck, auf ewig gebunden an dem Platz, der nun sein eisiges Grab war. Das war ihre düstere Fiktion, die kreisend wie ein schwarzer Strudel in ihrem Kopf umherschleuderte. Tränen liefen ihr über die Wangen, die sich, auf dem Boden angekommen, schnell in kleine Eistropfen verwandelten.

Der Weg verengte sich bald trichterförmig und führte die Stämme der Fichten und Kiefern näher an die Gemeinschaft heran. Immer höher ragten sie über ihre Köpfe hinweg. Verdunkelten und warfen ihre grauen, schweren Schatten auf sie.

„Wartet kurz", rief Paul und holte seine Faltkarte aus der Tasche und zeigte nach links, als sie an einer Weggabelung angekommen waren. „Wir müssen dort entlang", gab Paul die Richtung vor und marschierte weiter.

Robert erkundete den Scheideweg, der in beide Richtungen, düster und dunkel seinen Durchgang anbot. Die Freunde einladend ihm zu folgen, dem Pfad entlang ins Ungewisse.

„Robert", vernahm er hinter sich seinen Namen rufen als er den Weg in den Berg begutachtete. Er drehte sich um und schaute Christian fragend an, was denn los sei, da er dachte, dass dieser ihn gerufen hätte. Der verwirrte Blick von Christian verriet ihm, dass es sich ihm nicht erschloss, was Robert von ihm wollte. So ließ er seine Augen erschrocken und eingeschüchtert zu Boden fallen und dreht sich weiter in die Richtung, in die Paul anführte. Nach wenigen Metern erfüllte ein Wispern die Umgebung um Robert. Vorsichtig, nicht verstehend was geschah, schaute er sich erneut um.

Paul lief voran und diskutierte mit Elisabeth. Samara wartete und massierte sich erschöpft die Stirn. Christian trank aus seiner Flasche. Niemand schien das dröhnende Getuschel, das in Roberts Schädel immer lauter wurde, wahrzunehmen. Er bewegte seinen Kopf zur Schneise, deren Ende sich bedrohlich drehend, ihm immer weiter näherte und sogleich hineinziehen wollte. Er fühlte sich wie Gummi. Schwindel machte sich in seinem Haupt breit. Das Wispern, immer stärker, fraß seine Gedanken, seine Gefühle und hinterließ in ihm eine unendliche Leere. Übelkeit zerquetschte ihm sein Gedärm.

„Robert!", rief es laut und riss ihn rettend aus dieser Falle, in der er sich hilflos festzustecken glaubte. Orientierungslos blickte er sich um. Von ihm unbemerkt waren seine Begleiter bereits hundert Meter weitergeschlittert. Robert musste sich einen Moment sammeln und versuchte zu ergründen, was gerade geschehen war. Schnell schloss er zu Christian auf, der noch auf ihn wartete, während die anderen bereits weitergezogen waren.

„Alles gut bei dir?", fragte Christian. „Du standest gerade wie versteinert da und hast nur den Weg hinuntergeblickt. War echt unheimlich."

„Ja, alles gut", antwortete Robert noch desorientiert. „Ich war gedanklich kurz weg. Das muss der Stress sein."

Christian massierte Roberts Schulter freundschaftlich.

„Mir geht es immer noch nicht so gut. Ständig muss ich an David denken. Ich hätte ihm doch helfen sollen."

„Dich trifft keine Schuld. Du hättest nichts tun können. Was auch? Mach dir daher keine Vorwürfe. Eher wärst du auch noch verunglückt."

„Ja ich weiß, es ist dennoch so furchtbar."

Christian fing erneut an zu weinen.

„Lass uns weiterfahren. Wir holen Hilfe und die Bergwacht wird ihn sicherlich bergen. Wir lassen ihn dort nicht zurück", schwor Robert.

Christian war einverstanden, was anderes konnte er in dieser Situation auch nicht tun. So fing er wieder an mit den Skiern weiterzufahren. Sich auf das Skaten zu konzentrieren, um Abstand von seinem Freund David zu bekommen und wenn es nur für einige Stunden war.

Die Zeit verstrich, in der Gruppe wurde nun kein Wort mehr gewechselt. Alle waren innerlich angespannt. Versuchten sich auf das Wesentliche zu fokussieren, auf den Pfad, entlangzugleiten. Bedacht auf ihre Ausdauer, sie sollte nicht verschwendet werden. Stunde um Stunde rieselte der Sand der Zeit durch die Uhr hinab. Verbrauchte sich. Unwiederbringlich.

Den Blick gesenkt. In voller Erwartung bald bei ihren Autos zu sein. Entlang der Schneise zu ihrer Freiheit und Rettung aus dem Dilemma, in dem sie sich befanden. Paul dachte nach, immerfort. Waren sie noch richtig? Hatten sie einen Fehler gemacht? Ständig ging er ihre Spur geistig auf der Landkarte nach, so lange, bis Paul im Zweifel stoppte und grüblerisch nach oben schaute.

„Sind wir nicht soeben eine Biegung gefahren?", fragte er unsicher mit einem mulmigen Gefühl im Bauch.

„Nein", rief Samara, die nun als letzte auf die Reihe aufschloss. Sie drehte sich um.

„Siehst du, schnurgerade. Unsere Spuren sind auch noch eins A zu erkennen." Paul holte hektisch seine Faltkarte aus der Jacke und versuchte verzweifelt einen Orientierungspunkt zu finden. Doch der Wald war zu dicht.

„Ich habe keine Ahnung wo wir sind", sagte er vor sich hin. Robert ging zu ihm und kontrollierte mit ihm die Karte. „Falsch abgebogen können wir auch nicht sein. Bis zum Parkplatz runter gibt es keine einzige Abzweigung mehr", ergänzte Paul im Selbstzweifel. Robert folgte prüfend mit seinen Fingern dem Weg auf der Karte.

„Das müsste passen", beruhigte ihn Robert.

„Ich schätze mal wir haben gut die Hälfte geschafft."

„Lass uns kurz Pause machen", bat Elisabeth.

„Okay", antwortete Paul, steckte die Faltkarte wieder ein, nahm einen großen Schluck aus der Flasche und packte ein paar Brote aus, die er sich zur Stärkung einverleibte. Geschickt öffnete er mit seinen Skistöcken die Bindung an den Skiern und stampfte kauend zum Waldrand, um im Anschluss ein kleines Stück tiefer hinter dem Dickicht zu verschwinden. An einem Baum angekommen, stopfte er sich die Reste seines Brotes wie ein Hamster in die rechte Wange und öffnete seine Hose, um gegen den Baum zu pinkeln.

„Uhh!", stieß er, mit vollem Mund und geschlossenen Augen, behaglich aus. Endlich erleichtert, schaute Paul nach unten zu seiner Hose, um zu verhindern, dass er die Reste seines Urins nicht auf genau diese verteilte, da sein Schwanz, bedingt durch die Kälte, zu einem elendigen Würstchen verschrumpelte und sich lieber in die innere Wärme zurückziehen als draußen an seinen Eisfingern festfrieren wollte. Geschickt drückte er die letzten Strahlen raus und schüttelte die restlichen Tropfen in die Wildnis ab, drehte sich um und kam wieder entspannt, auf seinem Brot weiterkauend, aus dem Wald heraus.

Verwundert blickte Paul zu Samara, Robert und Christian, die ihn nervös anstarrten.

„Was ist los?", fragte er irritiert. Samara brachte kein Wort raus und nickte bedeutungsschwanger über ihre linke Schulter, als ob etwas Fürchterliches hinter ihnen wäre. In diesem Moment fiel es ihm auf: Elisabeth war verschwunden.

Verdattert, nicht wissend was er sagen sollte, stand er wie versteinert da, als Elisabeth hinter den dreien, die wie Hühner auf der Stange dasaßen, aus dem Unterholz gekrochen kam.

„Ihr könnt euch jetzt wieder umdrehen", rief sie zur Entlastung der Freunde. Paul war erleichtert und schüttelte schmunzelnd den Kopf.

„Weiter geht's", kommandierte Paul, während er sich wieder in seine Bindungen drückte und sich den Schlitten umschnallte. Den Schnee schleifend unter ihren Füßen glitten sie weiter die Furt entlang.

Weiterhin schweigend, getrieben von der letzten Hoffnung, liefen sie fortan. Unbeirrt der grau aufziehenden Wolken. Dem Schneefall trotzend, der sie langsam, aber unaufhaltsam umschloss wie ein kratziger Filzmantel, in einem Vorhang aus Schnee und Eis, Wind und Kälte und schmerzendem Frost. Grau lag die Decke über ihnen, das Fortkommen immer beschwerlicher, banden sie sich gegenseitig fest, um nicht verloren zu gehen. Der Wind pfiff ihnen um die Ohren. Keine zehn Meter weit konnten sie mehr sehen.

„Nicht aufgeben, es muss gleich da vorne sein", ermutigte Paul seine Freunde, die in ihre Decken gebunden und gehüllt versuchten sich gegenseitig Schutz vor dem Wind zu geben.

„Wenn wir fast da sind, dann lass uns hier Schutz suchen, bis der Sturm sich gelegt hat", kämpfte Samara brüllend gegen den Schneesturm an.

„Nein! Kommt weiter", rief Paul. „Wir erfrieren sonst. Wir müssen uns bewegen!"

„Ich kann nicht mehr!", krächzte Elisabeth verzweifelt. Paul stoppte.

„Okay Mädels", antwortete er. „Ich bin mir sicher, dass es nicht mehr weit sein kann. Ihr setzt euch auf den Schlitten und wir Jungs ziehen ihn weiter", schlug er vor.

„Es ist besser denke ich, dass wir die Skier ausziehen und zu Fuß weiterlaufen", riet Robert. Und so nahmen sie ihre Skier ab, gaben sie den Frauen auf dem Schlitten und zogen ihn zu dritt weiter im Sturm, der ihnen die letzte Kraft raubte.

Das Schneegestöber wuchs allmählich zu einer Stärke wie der eines ausgewachsenen Blizzards heran. Der Schnee, erst klein, wurde zu erbsengroßen Hagelkörnern, die wie kleine Geschosse in ihre Gesichter prasselten.

„Wir sind fast da!", rief Paul. „Merkt ihr, es flacht mehr und mehr ab." Paul spürte Erleichterung in seiner Brust.

„Lang genug hat es ja gedauert", antwortete Robert.

Nur träge ließ der Sturm endlich nach. Aus dem Hagel wurde Graupel, aus dem Graupel wurde Schnee. Das Grau wich schrittweise dem Blau des späten Tages. Ab und an schickte die Sonne einen Strahl des Mutes durch die Wolkendecke, um ihnen zu sagen: „Hey, ihr seid gerettet."

Hoffnung erfüllte ihre Herzen, wohlige Wärme befüllte ihre Seelen.

„Da vorne!", stieß Paul aus. „Ich sehe die Rücklichter. Das sind unsere Autos!", rief er vor Freude. Samara und Elisabeth umarmten sich. Mit dem aller letzten Schwung zogen Christian, Robert und Paul den Schlitten so schnell es ihnen möglich war weiter.

„Hast du die Autoschlüssel?", fragte Robert unsicher.

„Ja ich habe sie hier", antwortete Samara aus dem Hintergrund und klimperte mit dem Bund.

„Halt sie gut fest", erwiderte Robert schnaufend.

Und so war es nur noch eine Biegung, die sie abhielt von der Rettung. Mit ihren Gesichtern erfüllt voller Freude schwenkten sie um die letzten Bäume, die ihnen die Sicht versperrten. Und allmählich offenbarte sich ihnen das, was ihr Antlitz versteinern ließ. Sie wurden schlagartig blass, fahl und grau. Übelkeit umgarnte sie. Samara, starr vor Schock, wurde schluchzend von Elisabeth umklammert.

Paul selbst fiel auf die Knie und fing an zu weinen, als er bemerkte, dass sie, von der anderen Seite, wieder in ihrem Camp angelangt waren.

Niemand konnte erfassen, wie es dazu kommen konnte. Sie sind stetig bergab gelaufen, hatten keine Biegung falsch nehmen können und dennoch hatten sie sich all die Zeit schlicht im Kreis bewegt.

***

Die Nacht war bereits hereingebrochen. Christian hatte sich für diesen Abend entschieden, bei Robert und Samara zu übernachten. So saß Paul alleine und halb nackt am Tisch und trank das letzte Bier aus, das es noch im Lager gab. In Boxershorts und einem Unterhemd, die Augen müde und vor Traurigkeit rot verquollen, hockte er zusammengesunken da und sinnierte über das Geschehene nach, um einen Plan zu finden, wie er seine Freunde aus dieser Schneehölle würde führen können. Er hatte sie zu diesem Abenteuer überredet, hatte sie überzeugt, dass dies ein Erlebnis werden würde, dass sie nie wieder vergessen würden. Von dem sie noch ihren Kindern und Kindeskindern erzählen würden. So schön malte er es ihnen in seinen Erzählungen aus. Begeisterte sie zu dieser Reise über den halben Kontinent. Hierher, zu dem Ort aus Angst und Entsetzen. Diese Schuld wog schwer auf Pauls Seele. Die Last drückte, ja zerquetschte, sein Gemüt. Wut und Verzweiflung wuchs in ihm zu einer dornigen, schwarzen Pflanze, deren spitze Blütenblätter ihn zerstachen und ausbluten ließ.

Ein sanftes Stöhnen und unruhiges Atmen drangen zu ihm. Elisabeth schlief bereits vor Erschöpfung tief und fest, lag regungslos im Bett.

Er trank die letzte Dose leer und wollte sie gerade in den Mülleimer schmeißen, da hörte Paul wieder das Klopfen.

Tok – tok – tok. Rhythmisch ruhig und immer im gleichen Ton.

Tok – tok – tok. Paul bewegte sich nicht. Nur mit seinen Augen versuchte er den Punkt zu orten, von dem aus er das Klopfen vernahm. Sein Blick stoppte auf der Wand direkt gegenüber. Schäumend vor Wut zerdrückte er die Dose in seiner Hand, um sie anschließend ansatzlos gegen die Wand zu pfeffern. Scheppernd verteilte sich die Dose und der Rest des Bieres im Innenraum.

„Verpiss dich!", schrie Paul und stand erzürnt auf.

Stille.

Paul lauschte.

Stille.

Elisabeth ließ sich von dem Krach nicht wecken. Paul setzte sich wieder hin und vergrub voller Verzweiflung sein Gesicht in den Händen. Ein leises Schluchzen entfloh durch dieselbigen.

Tok, ertönte es wieder. Paul hob sein Haupt.

„Jetzt reicht es mir", sagte Paul zu sich selbst. Hastig zog er seine Sachen an und begann das Interieur nach einer geeigneten Waffe zu durchstöbern. Schranktür um Schranktür öffnete Paul, nur um sie wieder im Anschluss zu zuschmeißen. Er riss an den Schubladen und schmiss sie wieder zu. Doch er fand nichts. Nichts was seinem Zorn auch nur hätte ansatzweise gerecht werden können.

Mit den Fäusten in die Hüfte gestemmt stand er da und überlegte. Die Wut kochte in ihm zu einer explosiven Melange aus abgrundtiefem Hass, Verbitterung und Verzweiflung. „Noch Mal", dachte er sich und durchsuchte die Schränke und Schubladen wie unter Zwang erneut. Dabei ging er nicht zimperlich vor und riss in gesteigerter Erregung die Schubladen fast aus ihren Halterungen. Elisabeth schien nichts von dem Krach mitzubekommen, so tief schlief sie.

Als Paul die letzte Schublade aufriss, biederte sich ihm durch den Schwung ein großes Kochmesser aus dem hintersten Eck buchstäblich an.

Da lag es nun.

Silbrig glänzend, mit einem runden Heft in Rot, die Maserung des Holzes dunkel und fein hervorgehoben. So fein mit Öl verarbeitet, als ob er lackiert wäre, so glänzend war der Griff. Drei Knöpfe nieteten es fest an den Erl. Die Klinge, edel in ihrer Ausführung. Zarte Linien in Wellenform im Metall zeugten von seiner exzellenten Verarbeitung und majestätischen Herkunft des Damaszener-Stahls. Pauls Herz klopfte. Er nahm ehrfürchtig und sanft das Messer aus der Schublade und hielt es sachte zwischen seinen Händen. Er drehte es leicht. Im Licht zeigte es seine wahre, facettenreiche Schönheit. Die Reflexionen des schwach schimmernden Lichts der Lampen blendeten seine Augen. Japanische Schriftzeichen zierten den Rücken der gut drei fingerbreiten und etwas mehr als handlangen Klinge. Die Spitze lief am Ende kurz und in einem Winkel von gut fünfundvierzig Grad zusammen. Es war neu, das Etikett hing noch an dem Schaft: ,*Yaxell super gou*' mit Einhundert und einundsechzig Lagen.

Mit einem Ruck riss Paul das Schild ab und umklammerte den Griff fest, dieser schien wie für ihn geschaffen worden zu sein und schmiegte sich wie angegossen an seine Hand. Seine Augen öffneten sich langsam im Wahn. Wieder und wieder ließ er sich das Lampenlicht vom Metall in seine Augen reflektieren und genoss dabei jeden einzelnen kurzen Blitz, den es verursachte.

Tok, kam es erneut und lautstark hervor.

Da war es wieder, ein Lockruf. Das war ihm bewusst. Ein Ruf der ihn herausforderte. Der ihn aufforderte, hinauszugehen. Der ihn in all seiner Feigheit verhöhnte. Auslachte und verspottete. Zähneknirschend öffnete er die Tür zum Ausgang. Sein Kiefer war verspannt. Vorsichtig ging er aus dem Wagen und lauschte. Die Bäume rauschten im Hintergrund und es duftete nach Kiefernholz. Der Generator surrte im Dunkel der Nacht. Der Mond nun zu seiner Gänze gefüllt schien direkt auf Paul und geleitete ihn wie ein Spot-Licht auf die Bühne zu seinem Auftritt, bei absoluter Stille im Saal. Paul wandte sich dem Mann im Mond zu, beobachtete ihn genau in seiner herrlichen Pracht. Er blendete und dessen Halo zeichnete einen perfekten Ring um das Gesicht. Wie ein Regenbogen leuchteten die Eiskristalle und signierte ihre bunte Schönheit in den Nachthimmel.

Der Neuschnee knirschte unter den Schritten von Paul. Aus dem blassen Schwarz des Horizonts erhob sich behutsam der pechschwarze Waldrand in sein Blickfeld, der deutlich näher war als üblich. Etwas fiel dumpf in den Schnee. Schritt für Schritt gingen die Stiefel weiter. Fahles, gelbes Licht, mit dem Grün der Gardinen getränkt, tauchte die Umgebung schwermütig ein. Kein Lüftchen wehte.

Die Bäume schwankten hin und her. Winkten ihn mit ihrem Geäst zu sich.

Stille.

Holz brach im Dickicht des Waldes.

„Christian?", rief Paul.

„Paul!", fauchte prompt die Antwort zurück.

Etwas gehockt und leicht seitlich schlich Paul sich zu der vermeintlichen Stimme.

„Wo bist du?"

„Hier!"

Ein Schatten lief aus dem Wald in das Lager. Paul drehte sich mit dem Schemen und versuchte ihn mit seinen Blicken zu verfolgen. Doch schon war er verschwunden.

Paul tat sich schwer in dieser Finsternis, sondierte einige Sekunden die Gegend.

Die Wohnwagen verschwanden nach oben aus Pauls Sichtfeld hinweg.

Dunkelheit.

Kälte stach ihm schmerzhaft in seine Visage. Er biss auf etwas hartes. Schnee drückte sich in seine Nase und unter seine Jacke. Kleine Steine und Geäst schliffen sich an seinem Kopf vorbei. Seine Hand umklammerte das Messer fester. Paul konnte sich noch wenden und bemerkte entsetzt, wie er, mit den Füßen voran, in den dunklen Wald gezogen wurde. Das Gellen seiner Stimme, durch Wurzelholz in seinem Mund zum Ersticken gebracht. Gedämpft schrie er unerbittlich.

Angst.

Mit dem Messer fuchtelnd, versuchte er die

Äste, die ihn festhielten abzuhacken. Rauschend schlitterte er in seine finstere Verderbnis.

Kurze Zeit später öffnete Paul seine Augen und schaute vier Meter in die Tiefe. Sein Blick nach vorne bot ihm Sicht auf eine Fratze aus Holz, das selbst behäbig seine Lider öffnete. Panisch riss Paul seine Augen auf, soweit es ihm irgend möglich war.

„Paul", zischte es ihm leise entgegen. Paul fing unaufhörlich an zu brüllen, nur soweit es ihm der Knebel ermöglichte. Schwerfällig zum Baum gezogen, wuchs ihm gemächlich, ein weiteres dünnes Astwerk entgegen. Pauls Arme noch frei, fing er an mit seinem Messer wie mit einer Axt zu schwingen, um so den Wuchs aufzuhalten. Ein Schlag trennte ein Stück ab, daraufhin zwei neue Sprösslinge aus dem Schnitt entwuchsen. Paul prustete und schnaubte in seiner Furcht. Der nächste Schwung schlug die zwei Sprösslinge, bereits fingerdick, ab auf dass aus diesen Holzfingern wieder jeweils zwei Äste keimten.

Wurmartig stachen jetzt vier Finger spitz zu Paul und erreichten alsbald sein Antlitz. Beherzt packte seine linke Hand den armdick angeschwollenen Hauptstrang und riss ihn näher zu sich. Mit drei Schlägen trennte er ihn durch. Rotes Harz, dicklich wie Blut spritzte ihm in sein Gesicht. Klebrig und süßlich im Geschmack rann es ihm über die Lippen.

Von der Seite versuchten diese Wesen mit weiteren Ästen Pauls Arme zu packen. Doch Paul schaffte es auch diese abzuhacken und von sich fern zu halten. Unablässig zog ihn das Gestrüpp, das ihn in den Wald gezogen hatte näher zu der Grimasse im Baum. Die Verästelungen legten sich wie ein Renngürtel um seine Brust und nahmen ihm Stück für Stück die Luft. Er griff sich den Zweig, der ihn knebelte und trennte ihn sägend längs über seinem Gesicht ab. Ungeachtet, dass er sich dabei selbst zerschnitt. Geschafft. Luft füllte wieder seine Lungen.

„Hilfe!", schrie Paul in seiner Verzweiflung. Den Hauptast unerreichbar nahm er angsterfüllt allen Mut zusammen und fing an sich die Zweige von seinem Körper zu schneiden und zu schlagen. Schnitte und Striemen zeichneten sich auf seinem Brustkorb ab, um dick blutend hinab zu tropfen. Das warme Blut bildete kleine rote Krater und Furchen im Schnee, aus denen sofort wiederum kleine Wurzeln, Äste und Blätter sprießten.

Es war ein hoffnungsloses Unterfangen, denn mit jedem zurechtstutzen bildeten sich neue Verästelungen und vernarbten seinen Gurt zu einer noch festeren Schlinge. Stöhnend schlug er sich weiter auf die Brust und riss kleine Holzstücke ab, die unablässig nachwuchsen.

Erschöpft ließ er ab und bemerkte, dass er nun am Stamm angekommen war.

„Was willst du?", brüllte er der Fratze entgegen. Diese öffnete nur weiter träge ihre Augen. Das Holz ächzte und knarzte. Paul schrie und fing an wie ein Irrer auf das abscheuliche Antlitz einzustechen. Mit der Spitze voran. Stich für Stich. Seine Finger rutschten dabei unweigerlich über die

Schneide und wurden so stückweise und Schnitt für Schnitt abgetrennt.

Vom Blut angelockt fielen Batzen von Schleimpilzen aus der Baumkrone auf Pauls Kopf. Sie krochen sein Gesicht und seine Wangen hinab. Behäbig zogen sie sich über seine Stirn, über seine Augen auf die Nase und in seinen offenen Mund. In seiner Wut biss Paul zu und zerquetschte einen der Schleimbatzen mit seinen Zähnen in der Mitte. Stinkendes, bitter fauliges Sekret spritzte hinaus, ergoss sich in seinem Mund und Rachenraum. Paul würgte das schleimpilzartige Wesen aus. Sein Schlund brannte. Seine Zunge fing an zu faulen und sich qualmend aufzulösen. Die Dämpfe krochen brennend und ätzend in seine Lunge und Nase und raubte ihm den letzten Atem.

Unbemerkt kroch eines dieser grünen Dinger von seiner rechten Schulter den Arm entlang und machte sich auf zu seiner warmblutenden Pranke zu gelangen.

Das Messer, noch verkrampft in seiner entstellten Hand, die nur noch aus Daumen, dem kleinen und dem Ringfinger bestand. Zeige- und Mittelfinger waren mittlerweile fast vollständig abgeschnitten und wurden nur noch von etwas Haut an seinem Körper gehalten und schleuderten mit jedem Schwung mit.

Der Schleimpfropfen, angekommen an seinen Wunden, bildete sogleich eine netzartige filamentartige Schicht und nahm so sein nährstoffreiches Blut auf, um sich direkt in weiteren

Wucherungen um seine Finger und den Griff zu pflanzen und fest zu umschließen. Ein brennender Schmerz breitete sich über seine Hand aus. So versuchte Paul zwecklos das Etwas von seinem Körper zu schütteln. Vergebens. Es klebte und ätzte sich untrennbar weiter in seine Haut und bis auf die Knochen ein.

Paul wollte nicht aufgeben. So wie er beim Leistungssport die Zähne zusammenbiss und über seine Grenzen ging, wollte er unbändig auch jetzt weit über das gehen, was sein Körper auszuhalten vermochte, und hackte und stach weiter verzweifelt und panisch auf den Baum ein. Seine Zunge, wie Zucker auf einer Herdplatte mittlerweile zu seinem eigenen reinen schwarzen Kohlenstoff geschmolzen, zwang ihn zu dumpfem, affenartigem und unwürdigem Urgeschrei. Kleine, schwarze, ringförmige Löcher bildeten sich in Kinn und Wange, wuchsen still und schmerzhaft auf Münzgröße an. Die Reste seiner Zunge fielen unten aus seiner Mundhöhle durch das Loch im Kinn auf den Boden.

Nun schien das Baumwesen genug von seiner Widerspenstigkeit zuhaben und ließ weiteres Astwerk auf Pauls Arme zuwachsen. Die Auflehnung gegen das Unvermeidliche schwand, die Stiche und Hiebe wurden Schlag für Schlag schwächer. Äste und Wurzeln umschlangen die Arme und Hände, um Paul mit ihrem Klammergriff zu arretieren.

Nach und nach wurde Pauls Körper gedreht und mit dem Rücken voran weiter zum Hauptstamm gezogen. Sein Unterkiefer fiel endgültig ab. Fest an den Baum gedrückt fing dieser langsam an, seine Rinde um sein Opfer wachsen zu lassen und ihn sich so, Stück für Stück, einzuverleiben.

So hing er da, merkend wie seine Beine allmählich hölzern wurden und er somit mehr und mehr eins wurde mit dem Baum.

Voller Wehmut dachte er noch an seine Freunde. War wütend über sich selbst, dass er es nicht vermochte, sie zu retten. Paul fragte sich, ob sie es schaffen könnten. Hier wegzukommen, weg von diesem schrecklichen Ort. Fliehend aus der Hölle die er darstellte. Sein Kopf leerte sich nunmehr, benommen von den Anstrengungen. Schwindelig von dem Erlebten.

Sein Herz voller Traurigkeit, keimte in ihm ein letzter Gedanke. Ein wärmendes Gefühl in all dieser Kälte wollte er noch mitnehmen. Eine letzte Eingebung an seine große Liebe, für die er immer bereit war, sich zu opfern, zu sterben falls nötig, was er letztendlich nun vollbringt.

Paul Dungler starb.

Für sie.

Elisabeth.

Sechster Tag

Kein Ende wollte der Weg nehmen. Grauschwarz, lang und schier endlos erstreckte er sich. Die Bäume am Wegesrand hüllten ihn tunnelartig tief und düster ein. Frostige Luft blies Elisabeth ins Gesicht. Angstvoll schaute sie sich um, sie hatte sich verirrt, war verloren und allein.

Gegen den Sturm stemmend lief sie weiter den Weg entlang. Fest klammerte sie sich ihren Kragen so am Mantel zu, dass kein Wind und Schnee sich unter ihm hätte verfangen können. Gebeugt Schritt für Schritt wurden ihre Beine schwerer und schwerer.

Sie wollte rennen, doch sie konnte nicht. Sie wollte fliehen, doch dies wurde ihr verwehrt.

Wie in Sirup steckten ihre Bewegungen fest, festgeklebt, verbannt an jenem Ort, auf diesen Punkt, an dem sie jetzt stand. Sie wollte schreien, doch der Wind unterdrückte ihren Willen. So kämpfte sie sich weiter, jeder Schritt eine Qual. Kalt, frierend und erschöpft hörte sie weit in der Ferne jemanden rufen.

„Paul?", antwortete sie. Niemand reagierte.

Der Sturm wurde stärker und raubte ihr den letzten Atem. Der eisige Wind drückte sich in ihre Lungen. Blähte sie auf und versperrte den Rückweg ihrer verbrauchten Luft. Sie drehte sich mit ihrem Rücken in den Orkan. Das Atmen fiel ihr leichter, wenn auch es ihr immer noch kaum möglich war.

Der Blick zurück den Weg entlang, türmten sich die Bäume auf und umschlossen das helle Licht zum Ende hin. Gleißend und fürchterlich. Die Äste der Bäume wurden zu Armen und versuchten nach ihr zu greifen und sie in ihr Verderben zu reißen. Eis und Schnee schossen zischend an Elisabeth vorbei und wurden gleichförmig von einem Lichtkegel wirbelnd aufgesogen.

Wieder vernahm sie weit aus der Distanz, ihren Namen rufend. Sie drehte sich abermals in die Böen und versuchte, weiter vorwärtszukommen. Ihre Augen zu einem Schlitz geformt sah sie jemanden schemenhaft in großer Entfernung stehen. Sie hörte die Rufe und sah das Winken. Das Zeichen, zu ihnen zu kommen. Immer fortwährend appellierend: Komm! Komm!

So mobilisierte Elisabeth ihre letzten Kräfte und hörte weiter ständig ihren Namen rufen, auffordernd mahnend dem Ruf zu folgen. Dumpf wie in Watte gepackt. Leise und fern. Ständig: Elisabeth!

Sie antwortete und rief nach Paul forderte ihn auf, auf sie zu warten. Weiter und weiter rief sie seinen Namen, bis sich ein weiterer Schatten einer zweiten Person Stück für Stück wie ein Segelschiff, das sich hinter dem Horizont emporhob und anschließend kurz hinter der ersten zum Stehen kam. Nun fasste dieser Schatten dem vermeintlichen Paul sachte auf dessen Schulter, drehte sich etwas weg und fing wieder an seines Weges zu gehen. Verwundert versuchte sie, einen genaueren Blick zu erlangen.

Die Haltung, die Bewegung kamen ihr doch so vertraut vor.

Sie vermochte es kaum zu glauben, aber es mutete ihr wie David an, der mit Paul dort diffus stand, die immer wieder auf ihre Vornamen reagierten und ihr dabei zusahen, wie sie sich weiter durchkämpfte. Sie brüllte aus voller Verzweiflung Davids Namen, begleitet vom ständigen, dumpfen Flüstern ihres eigenen und forderte auch ihn stets auf zu warten.

Die Winde drehten auf und gewannen an Stärke. Ihre linke Hand schloss immer krampfhafter den Mantel am oberen Ende des Kragens. Den rechten Arm nach Hilfe greifend ausgestreckt, versuchte sie die Schatten, die vor ihr waren, zu erfassen und festzuhalten. Sie trat auf der Stelle, kam keinen Millimeter mehr vorwärts.

„Paul! David!", rief sie erneut, doch ihre Stimme schaffte es nicht, zu ihnen durchzudringen. Die schwarzen Silhouetten wandten sich nun endgültig von ihr ab. Hörten auf zu winken und die Arme ließen sie fallen. Drehten sich weg. Gingen fort und beließen Elisabeth auf sich gestellt und allein. Der Wind wurde stärker und drückte sie nun schrittweise rückwärts. Zentimeter um Zentimeter glitt sie weiter fort, auf dem Boden ohne Halt in Richtung des grellen Flecks.

„Elisabeth!", ertönte es dumpf, aber deutlicher.

„Paul!", kreischte sie. Der Hagel donnerte ihr ins Gesicht und schob sie gemeinsam mit dem Luftstrom endgültig zurück. Der Lichtkegel hinter ihr erstrahlte. Öffnete sich zusehends mehr und wollte alles einatmen. Verschlingen wie ein Weltenfresser. Die Schemen entschwanden in Sekunden vom Weg hinfort in unerreichbare Sphären, so als ob sie sie aufgegeben hätten. Dunkelheit flutete sie. Schwappte und brach wie eine

Welle über Elisabeth herein, zog sie wirbelnd in die Tiefen, bis sie keine Luft mehr bekam und zu ersticken drohte.

Elisabeths Name klang nun klar und deutlich. Licht blendete sie. Mit Druck presste sich Sauerstoff in ihre Atemwege, sodass sie sich hustend aufbäumte und gleich darauf in den Schnee übergab.

Nur in Unterwäsche bekleidet, frierend, lag sie da.

„Beeilt euch und bringt sie in unseren Wagen", rief Samara aufgeregt. „Sie erfriert sonst. Schnell!"

Robert und Christian halfen Elisabeth und trugen sie in den Schutz von Samaras und Roberts Domizil. In einer dicken Decke eingerollt lag Elisabeth in Samaras Bett. Zitternd wie Espenlaub fror jede Faser ihres Körpers unablässig.

„Hier ein Tee", bot ihr Samara an, als Robert erneut im Wohnwagen erschien und die Kleidung von Elisabeth aufs Bett legte.

„Ich habe dir ein paar Sachen geholt."

„Was ist passiert?", fragte sie. „Wo ist Paul? Ich hatte einen so schrecklichen Traum."

Robert schaute zu Samara.

„Wir wissen nicht, wo Paul ist. Du warst alleine und lagst am Boden. Die Lüftungsschlitze in eurer Tür waren geöffnet. Das hat dir vermutlich das Leben gerettet", erklärte ihr Robert, während Elisabeth den Tee vorsichtig trank.

Elisabeth verstand nicht, was Robert ihr damit sagen wollte.

„Und was ist passiert?", wiederholte sie ihre

Frage energischer.

„Es muss in der Nacht geschneit haben", erklärte Robert. „Selbst wir waren eingeschneit und hatten es nur mit Mühe hinausgeschafft. Dann sahen wir, dass euer Wohnmobil fast vollständig unter dem Schnee begraben war. Es sah so aus, als ob der Baum hinter eurem Anhänger seinen gesamten Schnee verloren hatte und dabei euren Kamin vergrub."

„Deshalb fand ich es auch dumm von dir, dass du wieder in den Wagen gegangen bist", schimpfte Samara mit Robert. Robert hatte kein Verständnis für Samaras Ärger, verdrehte die Augen und winkte ab.

„Was hat das damit zu tun?", fragte Elisabeth über die Aufregung irritiert.

„Kohlenmonoxid, da hat sich bestimmt einiges bei euch gesammelt", erklärte Robert. „Glücklicherweise konnten wir uns schnell zu euch durchgraben."

„Chris hat sofort das Gas abgedreht und Robert wie ein Irrer gebuddelt", erzählte Samara dazwischen. „Wir haben die ganze Zeit gerufen, aber keiner hat geantwortet. Und als wir endlich bei euch waren, lagst du am Boden und von Paul keine Spur."

„Er muss irgendwann rausgegangen sein. Seine Kleidung war weg", ergänzte Robert.

Unsicherheit und Verzweiflung machte sich in ihrer Miene breit. Ihre Augen wurden glasig.

„Wir müssen ihn suchen", rief Elisabeth bestimmt und sprang vom Bett auf. Robert hielt sie fest und drückte sie wieder sanft aufs Bett.

„Warte, wir suchen ihn, aber du wärmst dich

erst einmal auf", riet Robert ihr. „Komm Chris, wir schauen uns draußen etwas um."

Robert und Christian zwängten sich durch den provisorischen Ausgang ins Freie und sahen sich ernüchtert um. Wie ein dicker Mantel hatte der Schnee alles eingepackt. Als weiße Zuckerhüte schauten die Bäume über die Decke. Die Dächer wie zwischen zwei Sandwich-Scheiben geklemmt, stachen sie aus dem Schnee hervor, der so weit das Auge reichte vor ihnen lag. Immer wieder sanken Robert und Christian hüfttief ein, während sie versuchten, nach Spuren von Paul Ausschau zu halten. Doch wenn es sie gab, hatte der Schnee alles verschluckt und begraben.

Aufgeteilt umrundeten sie das Camp, der eine links, der andere rechts. Robert machte sich keine Hoffnung, dazu war er zu sehr Realist, als dass er glauben würde, etwas zu finden zu können. So begegneten sich Robert und Christian schließlich wieder auf der anderen Seite. Christian schüttelte seinen Kopf.

„Habt ihr was gefunden?", rief Elisabeth zu den Jungs, als sie in diesem Moment, gefolgt von Samara, aus dem Wohnwagen kam.

„Nein hier ist niemand", schrie Robert, doch Elisabeth schenkte seiner Antwort keinen Glauben und fing gleichsam an, verzweifelt nach Paul zu rufen.

„Es macht keinen Sinn", ermahnte Samara ihre Freunde. „Wir müssen hier weg und Hilfe holen!"

„Lass uns hierbleiben", erwiderte Elisabeth.

„Ich bin mir sicher, sie suchen bald nach uns und kommen uns retten", stimmte sie ein und rief weiter nach ihrem Freund. Robert quälte sich durch den Schnee zu Elisabeth und schaute dabei in die Richtung, aus der sie am Anfang ihres Abenteuers kamen. Etwas verwunderte ihn. Er war sich nicht sicher, begutachtete die Strecke, vermaß und schätzte sie so gut es ging, doch eine Unsicherheit blieb bestehen.

„Kann es sein, dass das da zugeschneite Spuren von Paul sind?", fragte Robert, der kleine Kuhlen verfolgte, die augenscheinlich vom Camp wegführten.

„Ich bin mir immer noch sicher, dass er in der Früh alleine raus ist, um Hilfe zu holen.", rätselte Samara.

„Ohne uns Bescheid zu sagen?", erwiderte Elisabeth skeptisch. „Niemals …!"

„Vielleicht hat er etwas gesehen und wollte nur kurz nachschauen", spekulierte Robert weiter.

„Was auch immer geschehen ist", schaltete sich Christian in die Diskussion ein. „Wir müssen hier weg!" Seine Furcht schwang in seiner Stimme mit. Robert und Elisabeth schauten zu ihm.

„Chris hat recht", bestätigte Robert. „Packt alles Nötige zusammen, holt die Schneeschuhe. Wir gehen den Weg zurück, den wir gekommen waren und den Paul schon gestern vorgeschlagen hatte."

„Aber wir können ihn doch nicht zurücklassen!" Elisabeth war verzweifelt, knetete unruhig ihre Hände und fing erneut an zu schluchzen.

Robert nahm Elisabeth in die Arme „Wir haben keine andere Wahl. Wenn wir hierbleiben, dann könnten wir alle sterben. Wer weiß, wann sie anfangen, uns zu suchen."

Roberts Worte trafen Elisabeth hart in ihrer Brust, ob wohl sie es verstand, was die Situation erforderte, dennoch konnte sie sich nicht halten und fing laut an zu weinen. Die Tränen rannen Elisabeths Pausbacken wie kleine Bäche hinunter. Jammernd drückte sie sich in Roberts Oberkörper. Sanft streichelte Samara über ihr Haar, um ihr zu zeigen, dass auch sie für Elisabeth da war.

Derweil holte Christian die Rucksäcke und die Schneeschuhe aus den Wagen. Die Skier und der Schlitten waren zu tief eingeschneit, als dass sie schnell hätten an sie herankommen können.

„Komm", forderte Robert Elisabeth sanft auf, „wir müssen los."

***

Die Behausungen langen schon weit hinter ihnen. Der Blick nach hinten über die Weite hin bis zum Wald, der die Wohnwagen einrahmte, umklammerte und festhielt und nun kaum noch erkennbar vom Schnee verschluckt war. Die Spuren, die die Freunde hinterließen, führten zurück ins Nichts. Vor ihnen lag der kleine Bergkamm mit der markanten Baumreihe, den Wächtern, wie es sich Robert dachte, wartend auf die Reisenden, die passieren wollten.

Ohne die Karte von Paul musste Robert sich auf das verlassen, an was er sich nach den ganzen

Strapazen noch erinnern konnte. Es war nicht mehr viel. Der Nebel des Vergessens legte sich allmählich auch über seinen Geist.

Gedankenverloren schaute Robert in den königsblau getauchten Himmel, der wiederholend mit Federwolken durchstreift war. Sanftmütig schloss Robert für einen Moment seine Augen und genoss die Sonne, die sein Gesicht berührte und ihm für einen kurzen Augenblick Freude und Wärme schenkte. Die Stille und der zärtlich streifende Wind im Haar beruhigten ihn wie Balsam auf der Seele. Die Arme ausgestreckt atmete er diese Freiheit tief durch seine Nase ein, fühlte dieses Momentum. Eine Sekunde Freiheit ließ Glück in ihm aufsteigen.

Blinzelnd öffnete er wieder seine Augen und schaute nach vorne. Geblendet von der Sonne blickte er erneut fest auf ihre erste Etappe.

Dem kleinen Wächterhügel.

***

„Wo lang nun?", fragte Samara, als sie auf dem Bergkamm angekommen in die Tiefe schauten.

„Genau gerade aus", zeigte Robert in die Richtung, in die sie gehen sollten. „Bis zum Bach und ihm dann links folgen bis zur Brücke und dort ist es gleich", beschrieb er den Weg.

„Okay dann mal runter da", spornte Christian die Freunde an und machte sich auf den Abhang hinunter zu waten. Die Passage bergab, die eingerahmt war in Felsen, am Rand, gespickt mit nackten Birken und Fichten. Jene Tiefe, die alles aufsaugte, was in ihr hineinfiel.

Kahl lag der Wald vor ihnen. Eingepudert in Weiß. Vom gesunden Grün der Koniferen wandelte sich der Weg schlagartig in Traurigkeit. Viele der Nadelhölzer waren zwischenzeitlich abgestorben und trugen nun kein Leben mehr. Obwohl er bei ihrer Ankunft doch so vor diesem Leben strotzte, war der Wald jetzt tot.

Dörr und trocken, aus jeder Richtung beobachteten die Äste die vier Freunde bereit, jeden Moment nach ihnen greifen zu wollen. Mahnend und warnend streckten sie ihre dünnen, spitz zulaufenden Gabelungen aus. Der Boden absolut eben und unschuldig, so als ob hier noch nie ein Mensch oder Tier je entlanggelaufen war. Alleine das Knirschen des Schnees unter den Füßen der Freunde war zu hören. Die Bahn führte immer tiefer in den schattigen Wald, Mal zu Mal grauer wurde das Licht und betrübte die Stimmung eines jeden Einzelnen.

Selbst mit ihren Schneeschuhen versanken alle knietief und nur schwer wieder ihre Füße sich heben. Eingegossen in der Kälte des Schnees wie in flüssigen Zement. Düster weitete sich der Pfad still und einsam waren die Freunde, obwohl sie gemeinsam in jener finsteren Senke wanderten. Die Stunden zogen sich wie Harz, das frisch aus den Fichten quoll. Klebrig und fest, sich nicht mehr lösen wollend von den Fingern, die bloß unter Mühen auseinandergezogen werden können und Fäden zogen wie die Zeit, die nicht verrinnen wollte.

Der Wind bewegte sich geräuschvoll durch die kahlen Baumkronen, bis sich das Pfeifen und Heulen alsbald in Rauschen vom Wasser eines Baches wandelte.

Die Erleichterung, den Großteil des Weges geschafft zu haben, tröstete ihre Herzen.

Diese wohlige Wärme wich einem eiskalten Schock, als sie vor einem unüberwindlichen Fluss standen. Aus dem einst kleinen erstarrten Bach war ein ausgewachsener reißender Strom geworden. Eisschollen riss er ebenso mit wie Geäst und Stämme aus den Bergen. Tosend, die Furt verschluckt, Meter tief begraben unter Wasser.

„Was machen wir jetzt?", wollte Elisabeth entsetzt wissen.

Resignation und Ratlosigkeit zeichneten sich in die Gesichter.

„Ich habe keine Ahnung", sagte Robert monoton und auf das Wasser starrend, das wie sein eigenes Leben an ihm vorbeifloss.

„Das war doch ein kleiner Bach, als wir hier vorbeigekommen sind." Elisabeth konnte immer noch nicht glauben, was sie da sah. Entsetzt hielt sie sich ihre Hand vor dem Mund.

„Lass uns zurückgehen und oben nach einem Weg Ausschau halten", schlug Christian vor. Robert lehnte dies mit vehementem Kopfschütteln ab.

„Nur Paul hatte die Karte. Ich weiß nicht, wo wir dort lang können. Wenn wir uns verirren, sind wir verloren. Niemand wird uns finden, wenn sie uns suchen kommen." Übelkeit breitete sich unter den Beteiligten breit.

„Dann lass uns ganz zurückkehren", drängte

nun auch Elisabeth, die mit ihren Gedanken weiterhin bei ihrem Freund Paul war. Hoffnung schwang in ihrer Stimme, dass die Freunde doch noch nach ihm suchen und lebend finden würden.

Robert war hin und her gerissen, auf der einen Seite sah er keinen Sinn, einen weiteren Tag im Lager zu verplempern, wo sie doch schon fast am Parkplatz waren. Auf der anderen Seite war der Fluss viel zu breit angeschwollen, als dass sie es hätten trocken hinüberschaffen können. Es war zum Verzweifeln. Robert wägte ab.

„Ich glaube, dass dies das Beste wäre", bestätigte Robert ihre Vorschläge. „Wir gehen zurück und überlegen uns, wie wir hier wegkommen. Vielleicht liegt die Karte noch in eurem Camper."

„Paul ist bestimmt schon zurück", machte sich Elisabeth mit Tränen in den Augen, weiterhin Hoffnung. Unverrichteter Dinge kehrten sie um und so wurde der Rückweg belastend und elendig lang. Immer exakt in jenen Spuren zurück, die sie bei ihrer Flucht erzeugt hatten. Die Schritte, die bereits auf dem Hinweg unzählig waren. Der Weg wieder hinein ins Ungewisse, nicht sehen und fühlen können, unvorbereitet und unwissend über das, was sie womöglich noch erwartete.

Auf ihr Schicksal.

Immer noch weiß, so lag das Hochtal vor ihnen. Auf ihr altes und neues Ziel sah Robert flankiert von den Wächtern hinab und sie offen bei ihren Namen nannte. Die Weite, so glitzernd und blendend schön. Der Himmel, wie fast jeden Tag, herrlich blau. Keine

Wolke war mehr zu sehen, welche die Sonne hätte am Strahlen und Lachen hindern können. Ihre Schneise, die sie geschnitten hatten, war momentan das einzige Zeugnis ihrer Existenz. Auch dieses würde bald für immer verschwunden sein. Ausgelöscht vom nächsten Schnee.

***

Unter ihrer Trauer schlich sich Erleichterung, als die vier Freunde das Lager wieder erreichten. Obwohl sie es bereits vermutet hatten, war Paul nicht im Camp anzutreffen und auch keine neue Spur von ihm hinzugekommen. Tiefe Enttäuschung schlug allen auf ihre Stimmung.

Robert musste sich ablenken und fing an, die Eingänge zu den Türen und Zugänge zum Gas wieder freizuschaufeln. Seine ganze Wut bündelte er in diese Arbeit. Hub für Hub, schreiend in seiner Verzweiflung.

Niemand wollte diese Nacht alleine verbringen, so entschied sich Christian, im Wohnwagen von Elisabeth zu bleiben, obwohl ihnen bei diesem Gedanken unwohl war und sie lieber hätten zusammen schlafen wollen. Der Platz in den Wägen reichte nicht aus, als dass sie hätten sich einen teilen können.

Die Zugänge waren frei, Christian konnte so die Heizung in Paul und Elisabeths Wagen erneut entzünden und vergewisserte sich, dass der Kamin fest auf dem Dach montiert war.

Traurig und erwartungsvoll betrachtete Elisabeth Robert.

„Kannst du bitte noch einmal die Umgebung absuchen?", fragte sie unter Tränen.

„Klar doch." Robert hatte keinen Glauben mehr daran, irgendetwas oder ihn zu finden, obwohl er sich nichts Sehnlicheres wünschte. Und dennoch konnte er ihr diesen Wunsch nicht ausschlagen. Ihr damit einige Minuten inneren Frieden geben, Ruhe und Optimismus, auch wenn er verstand, dass er sie im Anschluss und unfreiwillig in ein noch tieferes Loch stoßen würde. So machte sich Robert daran, den näheren Umkreis wiederum nach Paul abzusuchen. Spuren von ihm zu entdecken oder sonst einen Hinweis zu seinem Verbleib.

Die Sonne verschwand endgültig hinter den Bergen und tauchte den Himmel fließend in Dunkelblau und Violett ein. Die Bergspitzen glühten im Abendrot und verliehen ihnen ein erhabenes Antlitz. Der Mond ging gegenüber auf und brachte seine abnehmende Scheibe in den Mittelpunkt des Geschehens. Groß, rund und hell präsentierte er sich. Eine kleine Schicht bereits abgenagt, so schien es und dennoch in seiner vollen Pracht, hing er am Himmel, eingebettet in schwarzen Samt, umgeben von einzelnen Sternen, die aufflackerten.

„Es macht keinen Sinn mehr weiterzusuchen", sagte Robert und musterte noch ein letztes Mal mit der Taschenlampe das Unterholz. Samara gesellte sich zu ihm, hielt ihren Unterarm verdeckt und nestelte unablässig an ihm herum. Dass sie sich schon den ganzen Tag an ihrem Arm kratzte, war Robert nicht entgangen.

„Was ist los?", hinterfragte Robert und zeigte auf die Stelle.

„Ist nichts", beruhigte Samara ihren Freund und gab ihm einen Kuss auf die Wange. „Meine Schramme, die ich mir letztens am See geholt habe, juckt nur wie verrückt. Ich denke, es hat sich etwas entzündet."

„Hör auf zu kratzen, du machst das doch noch schlimmer", riet Robert ihr. „Gehen wir wieder zurück."

„Habt ihr etwas gefunden?", fragte Elisabeth Robert direkt, als sie das Lager betraten.

„Nichts", schüttelte Robert den Kopf.

„Bei uns war auch nichts", ergänzte Christian, der sich mit Elisabeth auf der anderen Seite umgeschaut hatte. Für Elisabeth war dieser Zustand unerträglich, drückte ihr von innen ein Schmerz dumpf nach außen und zerriss sie seelisch immer mehr. Und dennoch musste sie Stärke zeigen, in ihrem sich selbst auferlegten Verantwortungsgefühl, die Gruppe aus der Lage zu führen. Die schwere Stille wollte sie schnell durchbrechen, als lud sie die Freunde ein.

„Wollt ihr noch auf einen Tee reinkommen? Ihr müsst ganz durchgefroren sein."

Allesamt waren erschöpft, konnten sich nur noch schwer auf den Beinen halten und waren daher über das Angebot froh.

Robert akzeptierte gerne.

Samara war sich unsicher und überlegte, ob sie mitgehen sollte oder nicht.

„Ach Schatz", sagte Samara zu Robert. „Du kannst gerne noch bleiben, ich fühle mich nicht so gut. Ich bin müde. Ich geh rüber und lege mich hin", entschied sie darauf.

„Ja mach das", antwortete Robert. Liebevoll drückte er seine Lippen auf ihre Stirn und bemerkte dabei, dass sie förmlich glühte. Besorgt sprach er sie auf die Temperatur an, Samara beschwichtigte ihn wieder und schob das auf den heutigen Tag und den ganzen Stress. Robert gab ihr dennoch zu verstehen, dass er nicht lange bleiben und bald nachkommen werden würde.

Wenig später standen die Tassen dampfend auf dem Tisch. Gemütlich wirbelten die kleinen Wolken in die Höhe und verteilten den süßlichen Duft von Pfefferminze, gemischt mit dem fruchtigen Aroma von Apfel und Erdbeere in dem kleinen Raum. Christian saß mit Elisabeth zusammen auf der Bank, Robert hatte es sich ihnen gegenüber bequem gemacht.

Als Elisabeth endlich etwas zur Ruhe kam, schoben sich ihre Emotionen in den Vordergrund. Die Grübelei und die Ungewissheit über Pauls Schicksal ließ sie unweigerlich Schluchzen. Vorher verdrängte die Anspannung alles und schob es beiseite, sperrte es ein, tief und fest in den letzten Winkel ihres Geistes. Das Gesicht in ihre Hände vergraben, wurde sie von Christian getröstet.

„Ich halte das nicht mehr aus", weinte sie herzzerreißend. Robert und Christian versuchten sie weiterhin zu beruhigen.

„Ich denke immer noch, dass Paul Hilfe holen gegangen ist", spekulierte Robert. Mit einem Nicken wollte Christian Roberts These unterstützen.

„Nein", widersprach Elisabeth. „Er würde nicht ohne uns beschied zu sagen einfach gehen. So ist Paul nicht."

„Christian und ich suche morgen früh noch einmal nach ihm", schlug Robert vor. „Dann überlegen wir uns, wie wir über den Fluss kommen können."

„Vielleicht können wir den Schlitten als Floß benutzen", kam Christian die Idee.

„Das klingt doch nach einem Plan", antwortete Robert und nahm einen großen Schluck aus der Tasse zu sich. Elisabeths Weinen wollte nicht aufhören, schluchzend saß sie bekümmert in der Ecke. Robert schaute besorgt zu ihr und konnte sich nur allzu gut in ihre Lage versetzen, wenn er sich vorstellte, dass Samara verschwunden wäre. So war es ihm sichtlich unangenehm, in jener Situation aufzubrechen, doch waren und wurden seine Gedanken mehr und mehr zu Samara gezogen.

„Ich gehe rüber und schaue nach Sam. Wir sehen uns morgen", verabschiedete er sich und streichelte noch einmal über Elisabeths Haar.

„Gute Nacht", antwortete Christian und hielt Elisabeth dabei weiter weinend in seinen Armen.

Ihr Klagen begleitete Robert aus der Tür, als er in die Dunkelheit schritt und stampfend durch den Schnee zu seinem Wohnwagen ging. Es war mittlerweile sehr kalt geworden, so kalt, dass es ihm sein Gesicht einfror. Finster und aschgrau stand der Wohnwagen in einiger Entfernung vor ihm. Kein Licht brannte und so dachte Robert, dass Samara bereits tief und fest schlief. Da fiel es Robert auf, dass aus ihrem Kamin kein Rauch entwich. Lieber würde er noch mal den Füllstand des Gases prüfen wollen, bevor ihnen das Gleiche wie bei Elisabeth und Paul widerfahren könnte. Im Gegensatz zu den beiden war bei ihnen eine Reserveflasche angeschlossen, nur wusste Robert nicht, wie viel von dem wertvollen Stoff weithin übrig war. Mit wenig Enthusiasmus mühte er sich zum Kasten mit den Flaschen. Der frostige Wind fegte über Roberts Hände und trotz Handschuhe froren seine Finger schon nach kürzester Zeit ein. Selbst starkes Reiben half nicht. Die Hände waren eisig.

Ein Millibar, also fast leer war die Hauptflasche, drei Millibar zeigte die Reserve an. Robert schaute zu dem Gasbunker rüber, der wieder eingeschneit am Rand des Waldes stand, der eine einzige massive schwarze Wand bildete. Zu unheimlich für Robert, zu diesem Zeitpunkt und zur Sicherheit schnell eine neue Flasche zu holen. Das muss reichen, dachte er sich. Der Wind frischte auf. Etwas lief auf der anderen Seite des Anhängers. Es war eindeutig zu hören: knirschender Schnee. Robert lugte um die Ecke, aber nichts war zu sehen. Keine Spuren am Boden. Der einzige Zeuge war der Mond.

Die Luft beruhigte sich und es wurde stiller in der Nacht.

Ein leises Poltern aus dem Wohnwagen erregte

die Aufmerksamkeit von Robert.

„Sam?", rief er. Hastig schloss er den Kasten und vergrub seine eisigen Hände in den Hosentaschen und machte sich auf zur Tür. Robert sank immer wieder bis zu den Knien in den Schnee ein, verlor das Gleichgewicht in seinen schwergängigen Bewegungen und fiel so ab und an seitlich in den Schnee, da er unbedingt vermeiden wollte, für die Balance seine Hände aus den warmen Taschen zu nehmen. Robert sah nun den Dampf und Rauch, der schnurgerade aus dem Kamin des Wohnwagens emporstieg. Kein Wind verwirbelte ihn mehr. An der Tür angekommen hörte Robert, wie sich Samara offenkundig im Bett hin und her wälzte.

Endlich in der warmen Stube angekommen, sehnte sich Robert sehr nach dem Bett. Die Anstrengungen dieses Tages hatten ihn ermattet. Erst beim Ausziehen bemerkte er, dass die Luft wie in einem Gewächshaus glich. Schon während des Öffnens der Tür quoll ihm warm feuchte Luft entgegen, die in der Kälte sofort in eine Wolke aufging. Mit einem kurzen Blick versicherte er sich, dass Samara weiterhin schlief. Die Tür fiel ins Schloss und alleine der Mond spendete etwas fahle Helligkeit, sodass Robert sich umziehen konnte, ohne das Licht anmachen zu müssen.

Das Atmen von Samara war deutlich zu hören, als Robert sich unter die Decke zu ihr legte. Die Strahlen des Mondes ließen ihre Frisur glitzern und Funkeln. Wie frisch verliebt streichelte er sanft durch ihr Haar und gab ihr erneut einen Gutenachtkuss auf die Stirn. Ihre Temperatur war mittlerweile spürbar gesunken, was Robert beruhigte.

„Gute Nacht", hauchte er ihr ins Ohr und schmiegte sich eng an ihren Körper, um sich selbst mehr zu wärmen. Robert verzog seine Miene. Etwas störte ihn. Ihr Körper strahlte eine ungemütliche und harte Kälte aus, die ihn dazu veranlasste, die Bettdecke noch mehr zwischen sich und ihr zu ziehen. Die Müdigkeit zwang Robert, seine Augen zu schließen. Während seine Lider bleischwer wurden, streichelte er zur Beruhigung ihre Hüfte unter der Decke. Samara ließ sich nicht wie sonst von seiner kalten Hand stören. Robert war es egal, er wollte nur noch einschlafen und sie dabei liebevoll kraulen.

Doch etwas war anders. Ihre Haut, einst zart, war hart und grob. Rau wie Schmirgelpapier. Spröde und hölzern fühlte sie sich an. Robert hielt kurz inne. Kaum hatte er gestoppt, drang ein Klicklaut aus Samara hervor. Robert schreckte hoch.

„Sam, alles okay?", fragte er besorgt. Keine Reaktion.

„Sam?", intensivierte er seine Frage und zog sie sachte an der Schulter zu sich.

Ihr strahlendes Lächeln, so engelsgleich, zufrieden und glücklich malte es sich über ihr Gesicht. Den Ballast der letzten Tage über Bord geworfen, raus und von der Seele ins weite Meer verklappt, zeichnete sich ein Wohlbehagen ab und rief einen erquickenden Glücksmoment in Robert hervor, mit all seinen Erinnerungen an all die wundervollen Zeiten, die er mit Samara erfahren hatte und noch erleben wollte. Die Kinder und Enkelkinder, groß und größer an Anzahl werdend, die sie besuchen und gemeinsam Geburtstage und andere Familienfeste bis hin zur diamantenen Hochzeit feiern würden.

So schön war ihr Lächeln, als sie sich auf den Rücken drehte, ihre Augen aufschlug, die unerwartet zu einer festen, milchig weißen Masse geronnen waren und aus denen genau in jener Sekunde kleine Triebe entwuchsen. Schneller und schneller sprießend bedeckten sie geschwind ihre Augenpartie, ihre Stirn, ihr Gesicht.

Robert schockte, wollte sich losreißen und bemerkte erst so, dass seine linke Hand bereits mit Samaras Hüfte verwachsen war und er sie nicht mehr losbekam. Robert befreite sich aus seiner Schockstarre und fing an zu schreien. Samara, nur noch eine Marionette ihrer selbst, bäumte sich auf. Seelenlos klappte ihr Kopf nach hinten in den Nacken, ihren Mund spreizend. Mit Geräuschen von brechendem Knochen und schmatzend, von feucht frischem, reißendem Fleisch entsendete sie Äste und Wurzeln aus ihrem Rachen.

In seiner Panik versetzte Robert ihr einen heftigen Faustschlag. Samaras Kopf knickte zur Seite. Anschließend drehte sie unbeeindruckt ihr abscheuliches Antlitz wieder in seine Richtung.

Robert schrie um Hilfe. Aus ihrem Körper wuchs immer mehr Geäst und verwurzelte sich ringsherum fest an Wänden und Decke. Festgeklammerten und unlösbar verbunden. In dieser Sekunde fiel Robert rückwärts vom Bett, sein Arm immer noch gefangen am Körper vom Samara, der soeben zu einem mächtigen Stamm herangewachsen war. Er brüllte laut und versuchte seinen Arm mit aller Gewalt von ihr zu befreien. Mit seinen Füßen stemmte er sich gegen die Bettkante und drückte sich mit all seiner Kraft ab. Lediglich langsam gelang es ihm, sich von ihr zu lösen. Zuerst hob sich die Handfläche, danach konnte er seine Finger Stück für Stück befreien. Doch sein kleiner Finger wurde immer fester von dem Dickicht umfasst. So kräftig, dass dieser nun allmählich mehr und mehr abgebunden wurde.

Er zog.

Die Wurzeln und noch nicht allzu dicken Äste rissen unerwartet samt seinem kleinen Finger ruckartig ab, sodass er nach hinten schleuderte und mit dem Rücken gegen die Küchenzeile schepperte. Roberts Verstümmelung schmerzte.

Samaras Blut, so dickflüssig wie Harz, spritzte im ganzen Innenraum umher. Der süßlich klebrige Geschmack und Duft von Baumharz verteilte sich in seinem Mund und Rachen.

Das Ungetüm füllte bereits den halben Wohnwagen aus. Dessen Wurzeln und Äste versperrten jeglichen Fluchtweg. So fand Robert keine Möglichkeit mehr zu entkommen. Da sah er Samaras Haarspray am Boden liegen. Mutig griff er danach, holte hektisch ein Gasfeuerzeug aus der Schublade und nutzte das Spray als Flammenwerfer in der Hoffnung, seinen Fluchtweg wieder freibrennen zu können. Robert hielt das Feuerzeug vor die Düse und drückte ab. Jenes Baumwesen, zu dem Samara mittlerweile erwuchs, fing sofort an, mit einer Verpuffung in Flammen aufzugehen. Das in jede Ecke verteilte Harz wirkte dabei wie ein Brandbeschleuniger.

Damit hatte Robert nicht gerechnet.

Dichter schwarzer und giftiger Rauch quoll hervor. Der kleine Raum entwickelte sich augenblicklich zu einer Todesfalle. Die Türen und Fenster – unpassierbar. Samara schlug mit ihren Ästen brennend und ziellos umher.

„Robert! Samara!", hallte es von draußen hinein.

Robert hustete. „Hier! Helft mir!" In seiner letzten Not versuchte Robert die Dachluke, die er über sich bemerkte, zu öffnen und so der Feuerhölle zu entkommen. Er riss die Öffnung auf und zwängte seinen Körper durch.

Draußen standen Elisabeth und Christian nur leicht bekleidet und schauten hilflos zu.

„Das Gas!", fiel es Christian ein und kämpfte sich so schnell es ging, durch den Schnee zum Gaskasten.

„Sie hat mich!", schrie Robert, der halb durch das Dach schaute und sichtlich Mühe hatte, sich festzukrallen. Christian drehte das Gas zu und konnte bereits eine Flasche abmontieren und weit wegschleudern. Die zweite gestaltete sich weit schwieriger, denn sie klemmte in ihrer Halterung.

„Helft mir!", brüllte Robert in diesem Moment,

indem er wieder in den Wohnwagen gezogen wurde.

„Komm weg da", forderte Elisabeth kreischen Christian auf, der es nun geschafft hatte, die zweite Flasche aus der Halterung zu bekommen und ebenso weit weg vom Brand schleudern zu können. Hektisch stampfte er durch den Schnee an Elisabeths Seite zurück. Sein Arm war rot. Die Nähe zum Feuer hatte ihn verbrannt. Seine Füße und Beine froren. Elisabeth bemerkte nichts davon, sie stand sprachlos da und konnte nicht anders, als dem Verlauf der Katastrophe, unfähig etwas zu unternehmen und zur Tatenlosigkeit verdammt zu zuschauen.

Roberts Schreie drangen aus dem Inneren nach außen. Verzweifelt kämpfte und flehte er um sein Leben, forderte Hilfe, rannte jaulend und polternd im Anhänger hin und her. Sein entsetzliches Rufen wandelte sich von seiner tiefen, sonoren Stimme immer mehr in ein hohes Pfeifen, das sich kontinuierlich weiter in einen schrillen Dauerton entwickelte wie ein Wasserkessel, der durch sein Signal sagt: das Wasser in mir kocht. Bloß konnte ihn niemand von der Feuerstelle nehmen und retten, um kurz darauf abrupt zu enden in einem Knall, der die verbleibenden Fensterscheiben zum barsten brachte.

Feuer loderten aus allen Seiten empor. Die Äste der Bäume über und in der Nähe des Wohnwagens schwankten und flatterten in der Hitze, so als ob sie versuchten, sich vor dem Flammenmeer in Sicherheit bringen zu wollen. Die Flammen, mittlerweile zu einer drehenden Feuersäule angewachsen, strahlte in einem massiven Funkenflug in den Nachthimmel.

So nahmen die Flammen die letzten Dinge verzehrend mit hoch hinauf in die Luft. Der Mond, verschwunden hinter dem Horizont ließ nun zu, dass die glutroten Funken des Feuers eins wurden mit den klaren Punkten des Sternenmeers. Verschmolzen mit dem Band der Milchstraße, das sich wie ein Tuch schützend nahe dem Horizont um das Lager schlang. Die letzten Töne, angestimmt von Roberts Sterben, beschlossen das Ende der Symphonie.

Begleitet im Takt vom Knacken und Platzen in den Flammen, gingen Elisabeth und Christian zurück in ihr Heim. Ihre Gedanken waren bei Robert und Samara, die immer eine ewig während Unzertrennlichkeit ausstrahlten, nun endgültig ineinander aufgingen und sich verbanden. Selbst der Wind konnte ihre Asche, ihre Reste lediglich verteilen und dennoch nicht mehr trennen.

Robert North und Samara Vencl starben so wie sie gelebt hatten. Als eine Einheit, dessen Überbleibsel alsbald nach und nach in die Erde sickerten, vom Wasser des Schnees und dem Regen weggetragen, aufgenommen von den Pflanzen. Erblühend in einem neuen Körper, einer neuen Existenz.

Überall.

Für immer.

Siebter Tag

Kreisrund und sternenförmig strahlte die feine Struktur zum Rand hin ab, bildete einen eleganten inneren und einen narbigen äußeren Ring wie ein Kraterrand. In der Mitte nur ein schwarzes Loch, stahlblau umrandet, braun gesprenkelt. Geordnet als eine Blüte glitzerten die zarten Linien der Iris von Elisabeth wie ein Regenbogen im fahlen, flackernden Licht des Feuers.

Glasig, traurig und müde sahen sie sich an. Auge zu Auge, gegenübersitzend. Nicht mehr wissend, wie sie noch handeln könnten. Scheinbar alles verloren zu haben, warteten sie auf den nächsten hereinbrechenden Tag. Der Tag, den sie empfangen wollten, kam nur langsam, aber gewiss.

Der Morgen zeigte sich. Angekündigt durch den Gesang eines Vogels.

„Hörst du das?", fragte Christian. „Das erste Mal, dass ich hier einen Vogel rufen höre."

„Stimmt", antwortete Elisabeth. „Welcher Vogel ist das?"

„Klingt nach einer Ringdrossel."

Elisabeth blickte etwas verwundert und fragte sich, woher Christian dieses Wissen hatte. „Bist du so ein Ornithologe, mit Fernglas im Gebüsch hocken und so?", entgegnete sie darauf scherzhaft.

Christina schmunzelte und schüttelte sanft den Kopf.

„Ah, ja. Schon klar", antwortete Elisabeth zweifelnd und einem kleinen Lächeln.

Vielleicht in einer anderen Zeit, in einem anderen Leben, hätte Christian mehr gelacht, doch es war ihm nicht nach Erheiterung zu Mute. Und so hörte er über diese provokante Äußerung von Elisabeth hinweg. Doch war Christian froh in Elisabeths Gesicht den Anflug von Normalität zu sehen, dass sie für diese Sekunde kurz ihren Freund necken konnte, gab ihm Kraft.

„Ich kenne mich nicht wirklich aus. Aber um diese Jahreszeit ist das schon ungewöhnlich."

„Warum?", hinterfragte Elisabeth seine Antwort.

„Bis Februar sind sie gewöhnlich im Mittelmeerraum und kommen erst dann nach und nach zurück in den Norden. Und wir haben gerade mal Mitte Februar."

Elisabeth war erstaunt über sein detailliertes Wissen.

„Das sind ja ganz neue Seiten an dir, die ich da entdecke", sagte Elisabeth und rang sich ein weiteres kleines Schmunzeln ab.

Christian schaute aus dem Fenster und blickte auf das Gerippe, was einst ein Wohnwagen war. Schwarz, noch kokelnd stand es da, mit kleinen Rauchsäulen, die in die Höhe stiegen. Die Bäume im Hintergrund waren ebenfalls angesengt, aber nicht vollständig verbrannt. Der Schnee ringsherum schwarz gesprenkelt vom Feuer und Funkenflug, erweckte dies die Erinnerung an Stracciatella.

Der Geruch von versengtem Plastik und Holz, gemischt mit dem von verbranntem Fleisch, drang durch die geschlossenen Fenster und setzte sich überall fest und erzeugte in Elisabeth eine innere

Unruhe, die sie deutlich antrieb.

Unbedingt wollte sie raus und sich davon überzeugen, ob das, was sie gestern erlebt hatte, wahr war. Nur die Angst vor dem, was außerhalb auf sie warten würde, lähmte sie.

Schwermütig und zögerlich zog sie sich daraufhin an, wollte gerade ins Freie, da fasste Christian sie von hinten an der Schulter. Elisabeth drehte sich zu ihm um und sah, dass er zaghaft mit seinem Kopf schüttelte, während er ihr tief in die Augen blickte.

„Ich muss", war ihre knappe Antwort.

Knarrend öffnete sie die Tür. Draußen war der Gestank kaum zu ertragen. Elisabeth stockte der Atem, hielt sich die Hand vor Mund und Nase und ging zitternd, aber gefasst zu dem ausgebrannten Wrack. Immer wieder kreisten in ihrem Kopf die fiktiven Bilder, was sie nun zu sehen bekommen würde. Würde sie Robert und Samara erkennen können? Wie sehen verbrannte Körper überhaupt aus? Innerlich wollte sie einfach nur rennen, doch etwas zog sie magisch an.

Ihr gesamter Leib zuckte zusammen, als sie näherkam und einen Blick in die pechschwarze Wanne werfen konnte.

Elisabeths Verstand setzte aus. Ihr Geist konnte ihr nicht erklären, was sie sah. Das konnten keine Menschen gewesen sein, so surreal lag es vor ihr, wirkte es in ihre Psyche ein.

Doch konnte sie eindeutig Samara und Robert erkennen. Samara schien noch auf den Überresten des Gestells zu sitzen, das einst ihr Bett war. Rumpf bildete ein breites Podest mit langen, zu schwarz verkohlten Auswüchsen. Waren das ihre Beine? Weiter oberhalb spreizten ihre zu Stummeln abgebrannten Arme, die gewissermaßen versuchten, die Wände des Wagens zu halten, die es jedoch nicht mehr gab. Die obere Hälfte von Samaras Haupt hing hinten über. Scheinbar war ein langes pfahlartiges Gebilde, eine Art Ast aus ihrem Oberkörper entwachsen, der geradewegs zu Robert führte, sich fest um Hals und Körper schlang und ihn über den Boden schweben ließ.

Wie eine Plastik aus der Asche Pompejis, die dessen letzten Moment seines Lebens als Abdruck der Feuersbrunst festhielt. Gleichermaßen spiegelte sich Roberts Furcht immer noch so lebendig in seinen verbrannten Knochen und Schädel wider. Mit dem Ausdruck des Unverständnisses über das, was mit ihm geschah, eindringlich nach Hilfe flehend, schaute er direkt zu Elisabeth.

Die Hände noch zur Hilfe ausgestreckt.

Das Grauen und Entsetzen in seine Augenhöhlen gebrannt, den Mund weit aufgerissen, machte es den Eindruck, dass er noch das Monster abwehren wollte. Es blieb bei dem Versuch. Wie kann ein Feuer so was anrichten? Diese Fragen stellte sie sich schockiert und fragte laut zu sich selbst: „Was ist hier bloß passiert?"

Christian, der schon einige Minuten hinter ihr stand, nahm sie in den Arm und drehte sie von dem Entsetzlichen weg.

„Tu dir das bitte nicht an", waren seine beruhigenden Worte.

„Was war das?", fragte sie sich immer wieder. Christian wusste es auch nicht und konnte ihr keine befriedigende Antwort geben.

„Gehen wir wieder rein", schlug er vor. Elisabeth lehnte ab und wand sich aus Christians Armen.

„Ich brauche erst einmal frische Luft", erwiderte sie besorgt und setzte sich in den Schnee. Sie wollte einen Moment für sich bleiben, gab sie Christian damit zu verstehen.

„Ich lass dich kurz alleine", wiederholte Christian ihre Bitte, entfernte sich ein Stückchen und signalisierte ihr, dass er in Rufreichweite bleiben würde.

Elisabeth nickte zur Bestätigung und schaute weiter auf den Boden in die Leere.

Seine Emotionen brodelten in Christian den Hals hoch. Ohne genau zu wissen, was er machen sollte, hielt er einige weitere Meter von Elisabeth Abstand, aber nie so weit, dass er sie hätte aus den Augen verlieren können. Überfordert und weinend lehnte sich Christian an einen Baum in der Annahme, dass Elisabeth ihn nicht doch hören würde. Schluchzend rang er um Fassung. Sein Hals schnürte sich immer enger zu, wurde trocken und rau. Er erinnerte sich an den Abend, kurz bevor sie bemerkten, dass alles lichterloh brannte. Sie hatten noch geredet, Tee getrunken. Pläne gemacht, wie sie von hier wegkommen wollten.

Nun konnte er seine Gefühle nicht mehr zurückhalten, hielt sich weiter an dem Baum fest und sackte zusammen, sein Weinen wurde immer lauter. Christian drehte sich um, setzte sich in den Schnee und nutzte den Stamm als Lehne.

Den Kopf nach hinten angelehnt schaute er mit wässrig verschwommenem Blick nach oben. Vögel kreisten über ihm in endloser Entfernung und ohne irdische Sorgen. Eine frische Brise tat sich sanft auf und streichelte ihm über seine Gesichtszüge. Christian nahm seine Mütze ab und schloss für einen Moment die Augen. Er genoss die sanfte Kühle in seinem Gesicht, die ihm die Tränen trocknete. Die Rufe der Vögel am Himmel drangen mit dem Flüstern des Windes in sein Ohr. Es wurde stiller und für einen Augenblick konnte er vergessen, wo er war.

„Christian", rief es leise. Er schlug die Lider auf, schaute sich dösig um und massierte seinen verspannten Nacken. Einen kleinen Kratzer hatte er sich von irgendwo her zugezogen, so fühlte sich die Unebenheit an, die er verspürte. Eine unbedeutende Verletzung, die er schon so oft in seinem Leben hatte.

Aus seinem Augenwinkel verschwand klappernd ein Schatten hinter dem Wohnmobil. Christian schaute sofort zu Elisabeth, die immer noch dasaß, wo sie vorher war. Er rappelte sich auf, klopfte sich den Schnee von der Hose und folgte verwundert dem Geräusch hinter den Anhänger.

Weit und breit nichts zu sehen. Der Schnee, immer noch so unberührt wie die letzten Tage. Kein Gegenstand hing oder lag dort, der hätte runtergefallen seien können. Christian kümmerte sich nicht weiter darum und führte alles auf seine Übermüdung zurück.

Doch irgendwie war ihm unbehaglich und so wollte er sich noch genauer vergewissern und ging weiter um den Wohnwagen herum, sodass er ihn von der anderen Seite umging und wieder zu seiner Freundin gelangen würde. So der Plan.

Doch Elisabeth war verschwunden.

„Ella?", rief Christian irritiert und drehte sich um seine eigene Achse. Er schaute in den Trailer, doch er war leer. Auch war sie nicht in seinem Wohnwagen, denn dieser stand noch immer da, hoch eingeschneit und unberührt.

„Ella?", rief er nun energischer.

Verwirrt stand er da. Umringt vom Wald und den Campingwagen verstand Christian nicht, warum sie fort war, ob denn sie gerade noch vor ihm saß. Wie konnte das sein, fragte er sich. Grübelnd bemerkte er die frischen Fußspuren, die von ihrem Sitzplatz wegführten, in Richtung der Hügelkette und dem Bach, den sie gestern überqueren wollten. Weithin sichtbar waren jene Spuren zu sehen. Weiter als sie hätte in der Kürze der Zeit laufen können, die er zum Umlaufen des Campers gebraucht hatte. Christian wurde mulmiger zu Mute.

Seine Rufe nach Elisabeth wurden lauter. Wieder umrundete er alle Wohnwagen, um sicherzugehen, dass sie nicht doch hinter einem von diesen war.

Nichts.

Keine Spur von ihr. Erneut erforschte er die Fußspuren, von denen er glaube, sie stammten von Elisabeth und überlegte, was er als Nächstes unternehmen könnte. Kleine Abdrücke waren es, hatte sie denn überhaupt solche kleinen Füße? Christian wusste es nicht, und so entschloss er sich der Fährte zu folgen, in der vagen Hoffnung, sie zu finden. Christian packte eine Decke mit in seinen Rucksack, nahm etwas Proviant in Form von Keksen mit und ging los, parallel zu den Spuren, die ihn geradlinig wie eine Schnur und weg vom Lager führten. Diesem Faden folgend versuchte er irgendwas oder irgendjemanden in der Ferne auszumachen.

Ob sie der schwarze Fleck dort hinten ist? Christian dachte bei jedem Stein, den er bereits von Weitem ausmachte, darüber nach. Doch immer wieder stellte er mit einer Mischung aus Enttäuschung und Erleichterung fest, dass sie es nicht war. So ging er weiter und hatte nicht einmal die Hälfte des Weges zur Hügelkette erreicht, die in ihrer Dominanz vor ihm lag, immer noch zu weit, zu entfernt, als dass er sie hätte bald erreichen würde können.

Kam er den Hügeln überhaupt näher? Christian wandte sich unsicher zurück zum Camp. Kaum mehr war es zu sehen und die Wohnwagen verschwammen mit dem Weiß und wurden eins mit dem Schnee. Er überlegte, ob es noch Sinn machte, weiterzugehen oder ob er doch umkehren sollte, dabei stierte er gedankenverloren auf das Lager. Für einige Sekunden verfiel er in einen Wachtraum, um sogleich aus diesem wieder aufzuschrecken. Irgendwas war anders, stellte Christian verwundert fest.

Einen Moment brauchte er noch, um zu realisieren, dass er nun vollständig in einem Gewölk eingeschlossen war. Egal in welche Richtung er auch schaute.

Der Boden. Der Himmel.

Rings herum. Alles weiß.

Gleichmäßiges Licht.

War es Nebel?

Christian streckte seine Arme aus, um zu fühlen, was um ihn herum sein könnte. Erschrocken zog er sie wieder ein, als er feststellen musste, dass seine Arme bis zu Hälfte in dieser dichten Suppe verschwanden und er keinen halben Meter weit mehr sehen konnte.

„Elisabeth!", rief Christian in den Dunst hinein.

„Christian?", kam entfernt ein Rufen, doch woher konnte Christian nicht ausmachen.

„Hier!", antwortete er. „Hier! Wo bist du?"

„Christian!", hallte es erneut aus der Nebeldecke.

Die Rufe kamen von rechts. Oder doch von links? Es vermochte sich ihm nicht zu erschließen. In seiner Verzweiflung tastete er sich vorsichtig voran. Nur in kleinen Schritten und wie ein Blinder ohne Stock, fuchtelte er mit seinen Händen ängstlich vor sich hin und her, um zeitnahe jedes mögliche

Hindernis ertasten zu können. Sein Herz pochte ihm bis zum Hals. Schlag für Schlag pumpte es sein Blut druckvoll hoch in sein Gehirn, sodass er dachte, dass jeden Moment seine Halsschlagader zerbersten würde.

„Hier, Christian!", leitete ihn die Stimme. War es eigentlich Elisabeth? Nun war er sich nicht mehr sicher. Es wirkte, als ob der Schnee und der Nebel alles dämpften, zu verzerren und ihn in die Irre leiten wollte.

„Wo bist du?", fragte Christian ins Ungewisse. „Sag was! Ich sehe absolut nichts!" Panik stieg in ihm hoch.

„Hilf mir!", schrie er verzweifelt. Das Pochen seines Herzens wurde immer lauter. Orientierungslos glitt er weiter Schritt für Schritt voran und machte gleich wieder auf seiner Ferse kehrt. Wo lang sollte er? Das fragte sich Christian. Ausweglos schaute er sich um, ohne jedoch etwas wahrnehmen zu können. Mit seinen Händen versuchte er auch nur irgendetwas um sich herum zu fühlen. Zu begreifen, wo er sich befindet, in dieser kalten und feuchten Umgebung.

„Christian!", hallte es nun von links. Steif gehockt, seine Arme zum Abwehren bereit, drehte er sich schreckhaft zu dem Punkt, aus dem sich das Rufen vordrängte.

„Christian!", hallte es von rechts. Er blickte in die Richtung, bereit, alles aufzuhalten, was auch immer aus dem Nebel angreifen möge.

„Christian!", rief es hinter seinem Rücken,

angsterfüllt kehrte er sich um.

„Christian!", flüsterte es deutlich hinter ihm ins Ohr. So eindringlich, dass er den Atem spürte und roch. Den faulig süßen Mundgeruch, Reste von verwesendem Fleisch zwischen den Zähnen alter saurer Milch und dem Anflug von Magensäure, die dessen Magengeschwüre wie Geysire hochspülten.

Alles war so real. Das Flüstern, der Hauch des Atems, der Geruch, sogar die fremde Körperwärme an seinem Rücken vermochte er zu spüren.

Brüllend wendete sich Christian schwungvoll um einhundertachtzig Grad nach rechts, um was oder wer auch immer hinter ihm stand, mit seinem Handrücken der geballten Faust in dessen Fratze zu schlagen, die krachend ihr jähes Ende an einem Baumstamm fand. Gestoppt und zerschmettert von massivem Holz.

Christian fühlte, dass seine rechte Hand gebrochen war. Nun sackte er auf die Knie und hielt sich die Hand schmerzhaft fest, versuchte sein Leiden verzweifelt im eiskalten Schnee zu betäuben und hob flehend seinen Kopf.

Die Sicht verschwommen, bemerkte er, dass der Nebel, so schnell wie er gekommen, wieder verschwunden war. Er wischte sich die Tränen aus dem Gesicht und schaute sich desorientiert um.

In dem unberührten Schnee fand er nur seine eigenen Spuren wieder. Weinend ließ sich Christian seitlich zu Boden fallen.

Zusammengekauert wie ein Fötus lag er im Schnee, seine zertrümmerte Hand fest umklammert,

Schmerzen zogen sich pulsierend den Arm entlang. So zirkulierte sein Schmerz von der Hand über die Schulter, den Rücken hinab, jeden einzelnen Wirbel und wieder zurück in seine Hand. Jeder Pulsschlag, eine einzelne, stechende Tortur zurück. Keinen klaren Gedanken konnte er mehr fassen, sein Kopf wie in Watte gepackt, in der Kälte ruhend, sein Willen schwindend.

Kribbelnd wie hundert Ameisen über seinen Körper wuselnd, kündigte sich jenes Gefühl an. Dieses Gefühl, dass nun seine Seele seinen Köper verlassen würde. Er sah sich nun mehr von oben betrachtend, im Schnee und wimmernd immer kleiner werden. Langsam entfernte er sich drehend, weiter und weiter. Ein erbärmliches dunkles Knäuel.

Schneeflocken fielen gemächlich hinab, es begann zu schneien. Erst wenig, dann mehr. Sanft und anmutig rieselten die Flocken vom Himmel und bedeckten ihn mit einer dünnen weißen Schicht, eine Spitzendecke, die sich mehr zu einer aus Daunen wandelte, so als ob sie ihm Schutz und Trost geben wollten, wie eine Mutter ihr Kind abends ganz fest in die Kuscheldecke einwickelte, damit es sich in ihrer Obhut und ihrer Güte wohl und sicher fühlte und keine Angst mehr vor der Nacht befürchten musste.

Nun konnte dieses Kind, das sich einsam und alleine fühlte, seine Lider schließen und einschlafen. Liebkost von der Zärtlichkeit, dem Duft der Erhabenheit, alles Böse von einem zu nehmen. Umgarnt vom klaren Klang ihrer Stimme beim Singen des Gutenachtliedes.

Und so fiel er zurück. Zurück in seine Kindheit und wusste, er ist behütet. Behütet von seiner Mutter.

Warme Geborgenheit breitete sich von der Mitte seines Herzens aus, hüllte ihn ein, gab ihm Sicherheit. Die Sicherheit, dass er seine Augen geschlossen halten konnte, nur für einen Moment. Nur kurz. Zur Entspannung.

Sein Leid schwand. Der Duft seiner Mutter umhüllte und Müdigkeit umschloss ihn.

Christian Andermann schlief gekuschelt an den Busen seiner Mutter, ein.

***

Verschlafen öffneten sich ihre Augen, geblendet vom Schnee. Noch benommen glitt der Blick über die flache Ebene des Hochtals. Matt, verschlafen und zusammengesunken schaute sich Elisabeth um. Perplex betrachtete sie die Umgebung und versuchte Christian zu finden.

Für einen kurzen Moment muss sie weggenickt sein. Die Nacht steckte noch in ihren Knochen. Ihr Rücken schmerzte von der unnatürlichen Haltung. Etwa störte sie. Kam ihr fremd vor, kribbelte sie in ihrer Nase. Da bemerkte sie das liebliche Odeur eines leichten frühlingshaften Frauenparfüms. Ihr Eigenes konnte es nicht gewesen sein. Seit Tagen hatte sie keins mehr auflegen können. Und so wunderte sie sich, woher dieser sanfte Duft kam.

Ihr Körper fing vor Kälte an zu zittern. Ihr Kreislauf, noch nicht wieder in schwunggekommen, unterstützte sie dabei nicht.

„Christian?", rief sie. Keine Antwort. Wo steckte er nur? Alles in ihr war steif und einfach zu kalt, um auch nur einen simplen Gedanken zu formen.

„Christian?", schrie sie. Wieder keine Antwort. Ein Gefühl des Verlassens machte sich in ihr breit. Furcht und Wut stieg in ihr hoch. Heftig rief sie weiter nach Christian und wanderte ziellos in den Resten und Ruinen des Camps umher.

Nicht mehr wissend, was sie noch tun konnte, fielen ihr im Schnee Spuren auf, die in den düsteren Wald führten. Elisabeth zögerte. Hatte sie weiter hinten im Unterholz sich jemand bewegen und tiefer ins Dickicht gehen sehen? Unbedacht rannte sie dem Umriss hinterher.

Der tiefe Schnee machte es ihr nicht leicht, dem Schatten zu folgen. Immer wieder rief sie nach Christian und forderte ihn auf, zu warten. Weiter hinten zwischen den Bäumen, verlor sie endgültig ihre Orientierung.

„Elisabeth!", rief es aus dem Unterholz. Sie schaute sich um und so entkam ihr der Schatten und verschmolz mit der Düsternis.

„Christian?", fragte sie laut in den Wald hinein.

„Hier!", kam prompt die Antwort zurück. „Hier! Wo bist du?"

Elisabeth atmete tief ein und hielt für einen Moment die Luft an.

„Christian!", brüllte sie kurz darauf, so laut sie konnte und formte aus ihren Händen einen Trichter in der Hoffnung, dass dadurch ihr Rufen verstärkt werden würde.

Totenstille.

Aufmerksam lauschte sie. Kein Knacken, kein Ton war zu vernehmen.

Erschrocken über die Eindringlichkeit der Not ereilte sie ein letzter verzweifelter Appell: „Hilf mir!"

Ihr antwortender Ruf nach Christians Namen potenzierte sich in ein sich selbst verstärkendes Echo eines Resonanzkörpers, das immer dröhnender reflektierte, so lange und heftig, bis Elisabeth sich ihre Ohren zuhalten musste und kreischend zusammensackte.

Stille.

Elisabeth hörte wieder ihren Namen rufen. Sie erkannte dessen Stimme. Es war Paul. Eindeutig Paul.

„Paul!", brüllte sie aus voller Kraft. „Wo bist du Paul?" Nur mühsam konnte sie ihre Beine durch den tiefen Schnee in die Richtung bewegen, aus der sie glaubte, die Rufe zu vernehmen. Bei jedem Schritt stöhnte sie vor Anstrengung.

Abwechselnd schaute sie dabei nach vorne und anschließend auf ihre Füße. Der Schnee wandelte sich mehr und mehr in Matsch. Kaltes Schmelzwasser sickerte verzögert in ihre Stiefel ein. Kühl kroch es an ihrem Bein hinunter und durchnässte die Socken. Bald war ihr Stiefel knöchelhoch, eisigkalt, mit Wasser gefüllt.

Ein Brechen durchkreuzte ihre Konzentration und so setzte sie ihren Fuß falsch auf, rutschte ab und knickte schmerzhaft mit ihrem Fußgelenk um.

Elisabeth jaulte kurz auf. Paralysiert lag sie am Boden, hielt sich ihren Knöchel, musste sich erst einmal sammeln für einen Moment und sich wieder darauf fokussieren, weiterzulaufen. Zu ihrer Wohltat dämpften der Schnee und das kalte Wasser den Schmerz.

Ihr Blick richtete sich erneut auf die Füße und dem matschigen Schnee am Erdboden. Als sie wieder aufsah, stand sie zu ihrer tiefsten Verwunderung in einem ihr fremden Biom.

Sie begriff nicht, was gerade passierte. Kein Schnee war mehr um sie herum zu sehen. Das Klima war feucht und als unerträglich empfand sie die Hitze, sodass sie unweigerlich in ihrem Schneeanzug anfing zu schwitzen. Sie zog ihre Jacke aus, um sie an Ort und Stelle einfach liegenzulassen.

In ihrem Erstaunen ging sie ein paar Schritte vorwärts, verblüfft über das, was sie sah.

Saftig grüne Farne betteten den Grund ein. Blühend, rot und gelb erstrahlten sie aus den tiefsten Ecken. Lianen schlangen sich um die mit Moos bewachsenen Bäume, die majestätisch mit ihren langen Auswüchsen seit einer Ewigkeit an Ort und Stelle fest verankert waren. Das Sonnenlicht brach sich durch dessen Grünem Gewölbe über ihr. Sonnenstrahlen zeigten wie glühende Finger auf den Boden und erzeugten ein filigranes Muster aus lichtspielenden Punkten, als ob sie miteinander fangen spielen wollten. Schmetterlinge vollführten einen Tanz der Liebe. Lautlos schwebend um Elisabeths Kopf, kitzelnd an ihren Ohren, neckten sie

Elisabeth und stupsten sie sanft vorwärts. Vögel zwitscherten fröhlich aus den Bäumen, gaben ihr Gesang zum Besten, einer klarer als der andere.

Nach nur wenigen Schritten bemerkte sie wieder, dass ihre Stiefel noch vollkommen durchnässt waren, es einfach zu heiß in ihnen wurde. So befreite sie sich der unbequemen Schuhe und zog gleich damit ihre klatschnassen Strümpfe aus.

Ihre Füße genossen nach den ganzen Strapazen das samtweiche warme Gefühl des moosbewachsenen Waldbodens. Ihre Zehen spielten mit den kleinen Gräsern und Stöckchen, die am Boden lagen. Eine warme Welle der Euphorie breitete sich von innen aus. Allen Kummer vergessend war Elisabeth glücklich, tanzte und drehte sich durch den Wald und genoss den Moment. Die Kopfhaut kribbelte bis zum Nacken, die Hände und Unterarme ihrerseits strahlten dieselbe kribblige Wärme hoch in ihre Brust zu ihrem Herzen. Dieser schöne Augenblick sollte doch bitte nie vergehen, waren ihre Gedanken.

„Das wird er auch nicht", antwortete Paul, der sie just in diesem Moment in ihrer Drehung stoppte und in den Arm nahm.

„Paul?", fragte Elisabeth ungläubig und konnte nicht fassen, dass er direkt vor ihr stand. „Aber wie ...?" Sie konnte die Frage nicht zu Ende stellen.

Paul, der einen Kopf größer war als Elisabeth, schaute von oben herab tief in ihre Augen, stützte mit seinen großen starken Händen ihren Nacken und fing an, sie, ohne ein Wort zu sagen, innig zu küssen. Nun waren die Schmetterlinge, die vorher noch um ihren Kopf schwirrten, vollends in ihrem Bauch angekommen. Hineingepustet über Pauls Lippen, verschluckt von Elisabeth. Dieses einmalige erhabene Gefühl erlebte sie nur in jenem Augenblick, als sie sich in Paul verliebte und sie ihren ersten gemeinsamen Kuss hatten. In ihrer Heimatstadt Mulhouse.

Elisabeth dachte zurück an diese Zeit, als Paul ihr jeden Tag an der Universität kleine Geschenke und Aufmerksamkeiten brachte. Sie liebevoll umgarnte. Wie sie es genoss, ihn zappeln zu lassen. Sie war eine emanzipierte Frau, wollte ihm nicht gleich das Gefühl geben, ihr Herz erobert zu haben, obwohl sie sich gleich in ihn verliebt hatte. Paul gab ihr den Raum, drängelte nicht und genoss offensichtlich die sich dadurch aufbauende Spannung bis zu dem Tag, als sie abends spazieren gingen und Paul sie vor dem Saint-Étienne küsste.

Elisabeth öffnete wieder ihre Augen und blickte in das Gesicht von Paul, dass sie so vermisst hatte. Paul kuschelte anschließend seinen Kopf neben ihren auf die Schulter und drückte sie fest an sich.

„Wir bleiben nun für immer zusammen", flüsterte er ihr zärtlich ins Ohr.

Sie schloss ihre Augen erneut, drückte dabei Tränen der Freude aus ihnen heraus, die ihre Wangen sachte und zärtlich bis auf ihre Lippen hinunterglitten. Sie genoss den salzigen Geschmack ihrer Tränen, so wusste sie, dass sie lebte und nun für immer mit ihrem Paul zusammen sein, ihn nie mehr loslassen und verlieren werden würde.

***

Im Wald war nun Frieden eingekehrt. Kein Schreien oder Rufen konnte mehr vernommen werden. Der Schnee bedeckte den Boden und puderte die Bäume schwermütig ein.

Eine kleine Brise blies etwas pulvrigen Schnee über tiefe Abdrücke. Sanft rollte der Luftzug die kleinen Eiskristalle entlang der Spur. Immer wieder verfingen sie sich in tiefere Mulden, um so, wie durch Geisterhand, gleich hochgehoben und gefühlvoll wie über eine flache Hand hinfort und weiter der Bahn gepustet zu werden, als ob der Schnee ein Zauberstaub wäre, den eine Fee in ihrem Zauberwald versprühte. Am Ende des Verlaufs angekommen kullerten die kleinen Schneekügelchen einen Abhang hinunter, wo sie am Ende jener Böschung von den geöffneten Augen Elisabeths aufgefangen wurden.

Auf ihrer Pupille liegend schmolzen die Schneekristalle sogleich und verbanden sich mit ihren Tränen und wurde Wasser, das fortlaufend ihre Wangen hinab floss.

Den Kopf im Nacken, die Arme gespreizt, hing sie mit unnatürlich verdrehtem und verklemmtem Bein in den Ästen. Fünf Meter tiefer hängend in einem Graben. Durch Unachtsamkeit abgerutscht.

Äste wuchsen ruhig zu ihr hinunter, krochen unter ihre Jacke und unter ihr Shirt und bohrten sich in ihren Brustkorb, um in ihr zu keimen und die noch letzten verbliebene Lebensenergie aus ihr zu zehren.

Gallertartige Pfropfen tropften aus den

Kronen auf ihr wunderhübsches Gesicht, das noch so unberührt aussah, so zart und fragil wie Porzellan, gleich einer russischen Eisprinzessin, um sich flink mit seinen dünnen Auswüchsen unter ihre Haut zu stechen und anfingen ihr Antlitz zu zersetzen.

Wurzeln und Äste wuchsen aus ihrem Mund. Der Schluckreflex setzte spontan ein und hörte nicht auf.

Es quälte sie.

So probierte sie weiter, das Geäst wiederholt runterzuschlucken, was ihr nicht gelingen konnte.

Leicht wie eine Feder wurde sie nun angehoben. Bei Bewusstsein, aber vernebeltem Verstand blickte sie nach wenigen Sekunden in eine Fratze. Ihre Augen öffneten sich erstaunt und voller Freude versuchte sie mit dem Astwerk in ihrem Mund zu lächeln und es liebevoll zu streicheln, denn sie erkannte das Gesicht. Es glich Pauls Angesicht.

„Paul!", murmelte sie geknebelt. Immer wieder rief sie seinen Namen, während sie von ihm Stück für Stück aufgenommen, verinnerlicht wurde.

Und so geschah nun das, von dem sie schon geträumt hatte, als sie Paul kennenlernte. Ihn nie zu verlieren, immer bei ihm zu sein. Egal was auch passieren möge. Ihre große und einzige, einzigartige Liebe, Paul. Nun hat sie das Schicksal vereint.

War es nun Zufall oder Absicht? Das spielte schlussendlich keine Rolle mehr. Es ist wieder beisammen, was hätte nie getrennt sein dürfen.

Elisabeth Beck starb und lebte dennoch weiter. Mit ihm. In ihm.

Christian schlug seine Lider auf. Sein gesamter Körper schüttelte sich heftig vor lauter Zittern. Verstört schaute er sich um, in diesem ersten Moment konnte er sich nicht daran erinnern, wo er war und wie er hergekommen sein konnte.

So versuchte er sich aufzurappeln und stütze sich mit seiner rechten Hand auf. Der unerträgliche Schmerz seiner gebrochenen Hand zwang ihn jedoch wieder auf den Boden. Pochend Schub für Schub pumpte sich dieser Schmerz seinen Arm hoch in den Kopf und kramte für ihn Stich um Stich die schlechten Erinnerungen wieder hervor. Christian jammerte laut auf.

Nun wusste er wieder alles und konnte sich an jede einzelne Fußnote seines Erlebten kristallklar erinnern.

Seine Hand folterte ihn. Mit konzentriertem Atmen versuchte er den Schmerz zu unterdrücken. Die Atemübung zeigte ihre Wirkung und dämpfte nach einigen Minuten sein Leid. Christian blickte sich wieder um. Dabei fiel ihm auf, dass er offensichtlich mit der Decke zugedeckt im Schnee lag. Dies hat ihm wohl das Leben gerettet. Nur konnte er sich nicht daran erinnern, dass er sich selbst damit eindeckte. Verwundert nahm er die Decke und stopfte sie wieder in seinen Rucksack. Unbeholfen und wackelig stand er auf, der tiefe Schnee tat es ihm nicht leicht hochzukommen.

Verwirrt beobachtete er den Himmel, der ihm alsbald verriet, dass es anfing, dunkel zu werden. Fort von hier, so schnell es ging, wollte er zurück ins

Lager, bevor die Nacht über ihn hereinbrach. Mit diesem Ziel folgte er seinem eigenen Abdrücken, die dabei chaotisch durch den Wald führten. Offensichtlich war er mehrmals um einzelne Bäume im Kreis gelaufen und dabei ab und an spitz ausgebrochen. Dies zeigte ihm, dass er sich blitzartig für eine neue Richtung entschied, auch gehen wollte und sich doch kurz darauf wohl wieder entschloss, zurück auf den ursprünglichen Pfad zu begeben.

Zu seinem Vorteil gestaltete es sich, dass der Weg ausgetrampelt vom tiefen Schnee bereits einigermaßen befreit war und er damit zügiger vorankam. Sehr tief in den Wald war Christian nicht hineingelaufen zu sein und so hörte er nach wenigen Metern vor ihm wieder auf. Christian trat aus dem Unterholz auf die freie Ebene.

In der Ferne vor ihm lag der so vertraute Bergrücken mit der markanten Baumkette den Bewachern dieser merkwürdigen Region oben auf. Es beanspruchte Christian einige Minuten, bis er realisierte, wo er letztendlich war. Er wendete und sah in der blauen Stunde das Camp hinter sich stehen. Ruhig als sein nichts geschehen.

Nun verstand er, dass er die ganze Zeit nur wenige Hundert Meter vom Lager entfernt umhergeirrt war.

Nicht weit weg von ihm und seiner Rettung.

„Elisabeth!", rief er aufgeregt. Doch niemand antwortete. Mittlerweile war es zu spät geworden, als dass er sich auf den Weg machen konnte, um sie zu suchen. Er beschloss darauf, sich in den Wohnwagen zurückzuziehen, vorbei an der Stelle, an der Elisabeth heute früh noch saß. Kurz hielt Christian inne. Von den Abdrücken in Richtung des Bergrückens war nichts mehr zu sehen, dabei waren sie für ihn vorhin klar und deutlich vorhanden gewesen. Nur die offensichtlichen neuen Spuren, die hinter dem Wohnwagen und weg von jenem Platz führten, lagen präsent da. In seinem Wunsch, Elisabeth dort noch lebend zu finden, sah er kurz zur Rückseite des Trailers, doch sie war nirgends und ihre Abdrücke verloren sich im dunklen Dickicht der Waldung.

Was konnte er jetzt noch tun? Bei dieser Frage wurden ihm schlagartig die Augäpfel glasig. In einer vagen Hoffnung entzündete er eine Gaslaterne und stellte sie draußen auf, als ein weit sichtbarer Leuchtturm für sie und Paul, sodass sie es vielleicht in der Nacht wahrnehmen mögen und zurück zum Camp schaffen würden können. Dass seine Hoffnung vergebens war, konnte er zu dem Zeitpunkt noch nicht erahnen.

Mit sorgenvoller Miene sah Christian in die sich anbahnende Dunkelheit, seine Gedanken waren bei Elisabeth und Paul. Innerlich spürte er, dass sie sich gefunden hatten und eine Zuflucht für die Nacht haben würden, in der sie sich umarmen und eng beieinanderliegen, um diese fürchterliche Finsternis, die vor ihnen war, zu überstehen. Ein letztes Mal rief er vor der Tür nach den beiden und lauschte einer Antwort, die nicht erklingen wollte. So kletterte er wieder in den noch verschneiten Wohnwagen zurück, zog die Tür sorgenvoll zu und verriegelte sie so gut er konnte, damit, was auch immer da draußen sein möge, hier nicht reinkommen würde können.

Die Nacht würde lang werden, zu lang. Diesem Umstand war sich Christian bewusst.

***

Das Gluckern und Knurren wollten kein Ende nehmen. Krämpfe zogen sich mal quer, mal horizontal und vertikal durch. Diese ständige Ermahnung daran, dass er seit mehr als einem Tag nicht mehr richtig gegessen hatte, machte ihn mürbe. Die Kekse, die er heute Morgen mitgenommen hatte, waren bereits seit Stunden verdaut. Drei Mal hatte er die Schränke durchsucht und dennoch nichts Essbares gefunden. Nur eine Packung Kamillentee in Beuteln stand auf dem Tisch. Mehr nicht.

Die Schachtel, gelbgrün gehalten, mit einer Blüte bedruckt, ihre weißen Laubblätter gefächert und dem gelb leuchtenden Korb in ihrer Mitte stand sie auf dem Tisch und grinste ihn hämisch an. Jetzt war es ihm egal, er brauchte dringend irgendetwas im Magen.

So kochte er sich aus der letzten Flasche Wasser, die er noch im Wagen fand, einen Tee. Er schaltete den Gasherd an und erhitzte dieses in einem Wasserkessel. Benommen und schwindelig fühlte er sich noch immer. Sein eigener Anblick im Spiegel zeigte ihm eine bleiche, fleckige Missgestalt, müde und kaputt. Ausgemergelt und eingefallen, gezeichnet von größter Sorge und voller Erschöpfung.

Immer wieder zuckten Blitze vor seinem Auge.

Schlugen in den Sehnerv und fraßen sich durch. Da fiel es ihm auf.

Seine Augen. Glasig.

Die Pupillen waren ein einziges schwarzes Loch. Keine Umrandung seiner braunen Iris war mehr zu sehen. Einfach verschluckt, hineingesaugt, verloren. Ein großes Nichts. Christian kannte dessen Bedeutung. Zu oft hatte er auf Partys Leute im Drogenrausch gesehen, war selbst ein Teil davon. Es spielte keine Rolle, woher die Magic-Mushrooms kamen. Ob mexikanische oder die aus Hawaii, auch Briefmarken nahm er nur zu gerne. Hofmann: Am besten getaucht.

Zweifel kamen in ihm hoch. War er wirklich nur auf einem Wochenendtrip mit seinen Freunden? Oder wollten sie alle gemeinsam hier in Ruhe ein Sit-in veranstalten, um sich Trips schmeißen und ihr Bewusstsein zu erweitern? Eine neue Erfahrung in der wilden Natur, weit weg der großen Stadt. Und Menschen.

Erinnerungsfetzen von den Abenden am Lagerfeuer schossen durch seinen Kopf. Spitz wie eine heiße Nadel von innen in den Glaskörper. Jeder Millimeter grub die Erinnerungen vor.

Der Tag am See.

Der Ausflug in die Schlucht.

Der Tod von David.

Pauls Verschwinden.

Der zweite Fluchtversuch und das elendige Sterben von Robert und Samara.

Elisabeths Entschwinden.

War alles Wirklichkeit? Oder doch nur ein niemals enden wollender Horror-Trip?

Habe ich alle umgebracht? Im Rausch? In Panik? Weil ich dachte, es sind Monster? Christian stellte sich im Stillen selbst die Fragen.

Alles Gedanken in seinem Kopf.

Zweifelnd.

Unsortiert.

Umherschwirrend.

Christian wischte sich mit seiner Hand über das Gesicht. Da bemerkte er es.

Was schwamm dort in seinem Auge? Kurze, spitz anfangende und wieder zusammenlaufende wurmartige Linien, die sich über das rot unterlaufene Weiß seiner Bindehaut schlängelten, gleich unter der Iris verschwanden und wieder zum Vorschein kamen. Christian schauderte es.

Spöttisch grinse ihn plötzlich seine Fratze aus dem Spiegel an, ihre Zähne wurden dünner, länger, schärfer und immer mehr. Es riss sein Maul auf, lachte fürchterlich mit der Gier nach Blut. Rückwärts tauchte es in einen Nebel ein, die Fratze verschwand kreischend.

Weg.

Der Dunst waberte im Spiegel, Christian untersuchte ihn genauer, wollte verstehen, ob er noch etwas erkennen konnte. Sirenengeheul. Wie von einem einsamen Felsen im Meer oder einer Boje, die mit den Wellen im Takt schwang. Seine Nase drückte sich an den Spiegel. Da schoss die Grimasse aus dem Nebel hervor und wollte Christian brüllend verschlingen. In Panik duckte er sich, stürzte auf den Boden. Hektisch atmend stand er auf, blickte erneut in den Spiegel. Er wollte nicht, doch irgendwas zwang ihn dazu. Nun mehr erstarrt stand er da. Unfähig, sich zu bewegen. Ein Pfeifen aus der Ferne kam, um ihm einen Rettungsweg zu deuten. Immer näher, lauter und lauter wurde es, bis er schließlich erfasste, dass das Wasser im Kessel bereits eine Weile kochen musste. Der kleine Raum, mit Dampf gefüllt.

Christian schaltete hektisch den Herd ab, goss sich das Wasser in die Tasse, tauchte drei Teebeutel ein und ließ sie ziehen. Er betrachtete seine Hand, die stark angeschwollen war. Die Schwellung umfasst bereits den halben Unterarm. Dick, rot und hämmernd, lag er auf seinem Schoß. Einen Schluck vom heißen Tee gab ihm etwas wohlige Wärme und Ruhe zurück. Entspannung machte sich breit.

Stille, nur das leise Arbeiten des Gasgenerators war zu vernehmen. Wiegte ihn sanft mit seiner Monotonie weg und gedanklich fort.

Christian fiel wieder in einen dösigen Zustand.

Da erkannte er ein Schleifen und Kratzen von außerhalb des Wohnwagens. Ein kalter Schauer glitt ihm den Rücken hinab. Es erinnerte ihn an Träume, die er vor wenigen Tagen hatte. Oder war es doch kein Traum? Er wendete sich zu dem zugehangenen Fenster.

Klack hallte es hinter seinem Rücken. Schreckhaft drehte er sich um und stieß dabei die Tasse Tee vom Tisch, an dem er saß.

Die Heizung war aus.

„Scheiße!", flucht Christian zu sich selbst. „Das hat mir gerade noch gefehlt."

Das Gas war alle. Niemand hatte sich die letzten Tage darum gekümmert und die Heizung lief die ganze Zeit. Eilig zog sich Christian wieder seine Wintersachen an, da er wusste, es wird schnell kalt im Wohnwagen, sobald die Heizung einmal aus war. Er kramte die Decke aus seinem Rucksack und warf sie sich ebenfalls um.

In die Dunkelheit hinaus würde er bestimmt nicht sein Refugium verlassen. Er spürte irgendetwas oder irgendwer war da draußen. Er hörte das Reiben und das Knirschen im Schnee. Irgendwas, was nicht reinkommen konnte oder wollte? Etwas, das auf ihn wartete. Auf seinen Fehler rauszugehen. Diesen Fehler wollte Christian ihm nicht schenken.

Zügig holte er sich noch ein Brotmesser aus einer der Schubladen und legte es neben sich auf den Tisch. Fest in seine Decke eingewickelt kauerte Christian auf der Essecke und hoffte, dass die Nacht bald über ihn vorüberziehen möge.

Angsterfüllt und autistisch wippte er, den Blick starr auf die Wand gerichtet. Christians linker Arm umschlang fest die angewinkelten Beine. Mit einem Ruck manövrierte er nur seine Augen zur Lampe nach oben, als er bemerkte, wie sie zögerlich anfing zu flackern. Der Generator draußen stotterte im selben Moment. Christian hielt mit dem Wippen inne.

So ging bei ihm das Licht aus, mit einer kleinen Fehlzündung am Generator. Ein kleiner Plopp. Mehr nicht.

Apathisch saß er da und verzagte. Keinen Mut aufzustehen und im Dunkeln nach einer Taschenlampe oder Ähnlichem zu suchen. Schleppend kroch die Kälte unter die Decke und in seinen Nacken. Wieder fing er an zu wippen und zu zittern. Am ganzen Körper. Begleitet vom Schaben und Kratzen. Vom Knirschen und Rauschen der Bäume draußen, was ihm erneut ins Bewusstsein drückte: Die Nacht würde lang werden.

Zu lang.

Achter Tag

Sie sang wieder die Ringdrossel. Ihr liebliches Morgenlied, während sich die Sonne hinter dem Wald hervorhob. Golden glitzerte der feine Staub, die kleine und winzige Fussel in der Luft und vor Christians Nase in den wenigen Sonnenstrahlen, die es durch schmale Schlitze der Gardine schafften. Der Atem malte wolkenhaft ihren Pfad in die Leere dazwischen. Eiskalt.

Seit einer gefühlten Ewigkeit war es draußen totenstill. Christian, der kein Auge zubekommen hatte, saß immer noch zusammengekauert in der hintersten Ecke auf der Bank. Die Nacht machte er sich so gut es ging zunutze und überlegte, wie er hier wegkommen könnte.

In einem war er sich hundertprozentig sicher. Er musste von hier fliehen, koste es, was es wolle. Eine weitere Nacht konnte er nicht mehr aushalten. Es war ihm egal, ob er bei dem Versuch draufgehen würde oder nicht. An Rettung von außen war nicht zu denken. Noch weniger an die Rückkehr seiner Freunde.

Sein Plan: Den Schlitten aus dem Schnee zu graben und alles, was nützlich ist, mitzunehmen, damit er es über den Fluss schaffen würde können.

Und jetzt war der Moment dafür gekommen. Misstrauisch lugte er hinter der Gardine vor und linste nach draußen. Alles ruhig.

Steif versuchte er aufzustehen. Die Schwellung seines Armes wanderte langsam, aber zielsicher in Richtung seines Ellenbogens. Die Färbung seiner Hand wechselte von Dunkelblau und Violett hin zu

Grünlichgelb mit schwarzen, kleinen sprenkeligen Punkten und feinen zittrigen Linien, die sternenförmig von seinem Handrücken ausstrahlten. Christian war sich sicher, dass da noch mehr zerstört sein musste, als dass es nur ein schlichter Bruch sein könnte.

Da geschah es. Eine falsche Berührung seines kaputten Armes am Tisch.

Wie ein Stromschlag schoss der Schmerz von seinem kleinen Finger die Nervenbahnen entlang, am Handgelenk vorbei, die Elle längs scharf die Kurve am Ellenbogen genommen, vom Oberarm Richtung Schulter, stechend in seinen Nacken. Alles zitterte und vibrierte wie nach dem Zupfen einer Gitarrensaite. Nur die Saite war sein Hauptnerv. Christian schloss seine Lider, konzentrierte sich auf die Höllenpein und versuchte ihn erneut mit schwerem und ruhigem Atmen zu unterdrücken. Wut und Anspannung zeichneten sein Gesicht.

Noch einen Versuch und ohne ein weiteres Mal sich anzustoßen, schaffte er es hochzukommen. Er nahm ein Geschirrtuch und probierte, so gut es ging, eine Schlaufe mit dem Mund und der linken Hand zu knoten, legte sie sich um und hing seinen Arm unter Schmerzen hinein. Wieder kramte Christian in den Schränken und Schubladen und fand zu seinem Erstaunen in einer der hintersten Ecken eine gasbetriebene Lötlampe samt Griff und Düse. Erinnerungen von früher kamen ihm in den Sinn. Blödsinn, den er als Jugendlicher mit seinen Freunden angestellt hatte, mit genauso einem Teil.

Wie damals getunt und mit wenigen Handgriffen den Druckregler verbessert. Dass er diesen Brenner, der nun sein Gas mit voller Wucht verbrannte, bestimmt gebrauchen könnte, war sich Christian sicher. Mehr war nicht mehr aus dem Wagen zu holen.

„Bin los. Hole Hilfe. Christian", stand auf dem Zettel, den er auf dem Tisch hinterließ. Christian schnappte sich die Autoschlüssel von Paul, schloss seine Schneejacke, unter der er seinen zerschmetterten Arm verpackte und verließ den Camper durch den kleinen Eingang.

Die Sonne flimmerte noch goldgelb durch die Bäume, der Himmel strahlend, wie eben auch die letzten Tage in Blau. Die Luft klar und frisch schloss Christian für einen Moment die Augen und atmete tief durch die Nase ein. Er nutzte diese Gelegenheit, um noch einmal vor dem beschwerlichen Weg Kraft zu sammeln.

Gelehnt an der Wand stand die Schneeschaufel so, wie sie sie vor wenigen Tagen hinterlassen hatten. Christian nahm sie an sich und fing an, nach dem Schlitten unter dem Schnee zu suchen. Alle paar Meter wühlte er im Grund. Es dauerte einige Minuten, bis er herausbekommen konnte, wo der Schlitten begraben war und fing an ihn, so gut er es mit seinem linken Arm auch nur konnte, freizuschaufeln.

Der Rodel war frei und Christian zerrte ihn aus der Kuhle, schmiss den Rucksack drauf und soweit es ging alles, was er dachte, was für seine Flucht nützlich sein könnte. Fest verschloss er das Geschirr um seine

Schultern. Für einen letzten Moment hielt er inne und schaute sich um. Auf die Wohnwagen und das, was noch übrig war, den Überresten von Robert und Samara, die weiterhin in den ausgebrannten Anhänger weilten. Nun mehr mit einer leichten Frostschicht überzogen, wirkten sie in ihrer Erscheinung mehr grau als pechschwarz. Jene schrecklichen Erinnerungen an den Abend kamen in Christian fortwährend hoch. Wieder stieg ihm der Geruch in die Nase und die Schreie hallten in seinen Ohren sowie das Flackern des Infernos.

Christian riss sich zusammen. Ein letzter Versuch nur für die Hoffnung, dass er sich selbst keine Vorwürfe mehr machen konnte, es nicht doch noch mal probiert zu haben.

„Elisabeth ...?! Paul ...?!", rief Christian laut. Er wartete fünf Minuten. Keine Antwort.

„Auf gehts", sagte er zu sich und zog den Schlitten hinter sich her. Schweren Schrittes ging er erneut und direkt auf den Berghang mit der markanten Baumkette zu. Fest entschlossen, nie mehr umzukehren.

Vor Anstrengung schnaubte sein Atem wie eine Dampflok aus seinem Gesicht. Schritt für Schritt quälte er sich vorwärts. Sein Arm schmerzte: Zug um Zug.

***

Grell blendete ihn der Boden. Die Sonne hatte ihren Höhepunkt alsbald erreicht. Ein Drittel der Strecke war nun mehr geschafft. Ein Elch trappte aus einer Waldung, verfolgte Christian aufmerksam. Ist er ein

Jäger? Würde er nun wenden und auf ihn zu kommen? Bleibt er da, wo er gerade ist? Das waren vielleicht Fragen, die sich der Elchbulle mit seinem Kinnbart und Schaufelgeweih stellen mochte. Doch Christian hatte kein Interesse für ihn über. So verschoben sich seine Parallaxe, zuerst war er vorne, dann auf gleicher Höhe, darauf hinter ihm und dann verschwunden.

Christian ging allmählich die Puste aus und so stoppte er, legte sich auf den Schlitten und ruhte sich für einen kurzen Moment aus, um wieder Energie zu sammeln. Der Arm behinderte ihn immens und so war er sich nicht sicher, ob er es überhaupt bis zum Einbruch der Dunkelheit würde schaffen können. Unruhig wand er sich, konnte nur schwer Atmen und nun nicht mehr lange liegen. Er setzte sich auf. Aber auch im Sitzen fiel ihm das Atmen sichtlich schwer. Die Müdigkeit presste auf seinen Körper.

„Es muss gehen", sagte er immer wieder zu sich, erhob sich und zog anschließend weiter und weiter durch den Schnee in Richtung des Bergkamms, den er eine Stunde später erreichte.

Den Waldhang führte eine kleine Schneise hinab, den die Freunde zwei Tage zuvor versucht hatten zu nehmen, und bar aller Hoffnung hatten wieder aufgeben müssen.

Christian war argwöhnisch dem Weg gegenüber. Zu anstrengend, zu wild mutete der Verlauf an. Samt Schlitten und kaputten Arm war dies ein aufwendiges Unterfangen. Minuten überlegte er und taxierte den Pfad genauer. Es sah so aus, als ob die alten Spuren ziemlich gerade abwärts zwischen den Bäumen hindurchführten. Christian schätzte seine Breite und verglich sie mit dem Platz zwischen den Stämmen und Steinen. Es könnte gut funktionieren. Er fasst sich ein Herz, denn es war einen Versuch wert, vorsichtig abwärts zu rodeln, auch in Anbetracht der fortgeschrittenen Stunde. Die Zeit rann ihm davon, wie Sand zwischen den Fingern. Nur Mut und immer die Füße raus zum Bremsen, mit der gesunden Hand versuchen zu steuern. Das könnte klappen, dachte sich Christian, denn zurück wollte er nicht mehr.

Mit dem Schlitten zwischen seinen Beinen war ihm dann doch etwas mulmig zu Mute. Die Kordel fest in der Hand stand er vor dem Abhang und schaute immer noch zittrig hinunter. Einmal tief durchgeatmet, dann schmiss sich Christian schwungvoll auf den Schlitten und rauschte los.

Zuerst hatte er alles unter Kontrolle. Das Bremsen ging gut, das Lenken so lala. Nur wenig brach der Rodel ab und an aus. Doch je länger und schneller die Fahrt sich entwickelte, umso mehr Mühe hatte Christian die Kontrolle zu behalten. Oft verfehlte er die Bäume nur um Haaresbreite, die seitlich an ihm vorbeizischten. Sein Heck rutschte ihm immer wieder rechts weg und provozierte ihn jedes Mal dabei fast zu einem Überschlag. Nur allmählich übernahm er die Kontrolle. So geriet das Gefühl für die Fahrt durch den schummrigen Weg mit den Bäumen, die in ein einheitsgraublau getaucht waren, immer besser. Es funktionierte. Er fühlte sich bei der Fahrt immer sicherer.

Nur eins konnte er nicht sehen. Musste er da vorne etwas mehr rechts lenken? Winkelte sich die alte Fährte gleich voraus? Oder folgen sie einfach der Furt gerade aus? Christian wusste es ziemlich bald.

Sie machte eine Biegung.

Die Kante zog schnell wie der Blitz unter den Kufen davon. Schneller als er reagieren konnte, um direkt im Anschluss als ein kleiner Hang sich vor ihm zu öffnen. Christian schoss im hohen Bogen hinaus zwei Meter in die Tiefe und überschlug sich mehrmals krachend.

Mit verdrehtem Körper lag er wie ein Käfer auf dem Rücken da, hilflos und allein. Unter dem Schlitten begraben, im tiefen Schnee schmerzte ihn zusätzlich zu seinem Arm auch seine Schulter und Rücken. Christian stöhnte und versuchte, sich aus den Kufen zu befreien, in die er sich verheddert hatte. Sein schlimmer Arm war aus der Schlaufe entwirrt und unnatürlich verdreht in seiner Jacke gefangen. Unfähig, ihn von selbst zu bewegen. Es war nur noch ein fremdes Stück Fleisch an seinem Körper, das ihn behinderte und bei jeder Berührung schmerzte und es unmöglich machte, sich damit abzustützen oder den schweren Schlitten anzuheben. Selbst wenden war fast unmöglich. Weder über seinen Arm noch in andere Richtung vermochte er sich drehen zu können. So versuchte er sich ruckweise von dem Schlitten zu befreien.

Hin und her wälzte Christian sich. Immer wieder, bis er es schließlich schaffte, den Rodel von sich zu stoßen. Jammernd richtete er sich auf. Schnee, hatte sich beim Sturz unter seine Jacke gedrückt und verkühlte Christians Körper. Sein Arm gelähmt, brannte wie die Hölle. Er öffnete vorsichtig und heulend die Jacke. Ganz achtsam und sachte zog er am Reißverschluss. Kläglich weinend schälte er vorsichtig, seien Arm hervor.

Jede Berührung, jede Bewegung schmerzte. So konnte er seinen Arm nicht erneut in die Schlinge legen. Es war zu brutal. Er nahm die Schlinge ab und zog sie darauf hin sorglich unter seinen Unterarm und hob sie mit der Schleife ruhig hoch und hing sie wieder um seinen Hals. Geschafft.

Der Arm siedete im Inneren.

Zaghaft legte er sich nieder, nur um sich kurz auszuruhen und Luft zu schnappen. Christian schloss die Augen.

Schnee aus den Bäumen fiel dumpf auf seine Jacke. Immer wieder platschten kleine Brocken von den Ästen und landeten mit nassklatschendem Geräusch auf seiner Brust. Winzige, kaltnasse Tropfen trafen ihm im Gesicht und auf der Stirn. Der Schnee schmolz und lief ihm hinab und sammelte sich bei seiner linken Augenhöhle. Einige wenige Spritzer benetzten seine Lippen. Christian verzog die Miene ob der Bitterkeit des Wassers. Im gleichen Moment fing es in seinem Auge an zu brennen und zu jucken. Nun versuchte er diesen abscheulich fauligen Geschmack auszuspucken. Doch verschwinden wollte er einfach nicht. Dieser klebte wie Pech an seinen Geschmacksknospen.

Er öffnete die Lider und blickte die Jacke hinab auf seinen Körper. Angstvoll fing er an zu fauchen, denn was er sah, versetzte ihn in Furcht. Brüllend richtete er sich ungeachtet der Schmerzen auf und versuchte das Etwas, das über seinem Oberkörper kroch, wegzuschlagen.

Was aus den Bäumen fiel, war weder Schnee noch sonst etwas für ihn Natürliches. Gallertartige Klumpen, die sich zielstrebig auf seine Hand zu bewegten. Sie hingen oder klebten fest an seiner Kleidung. Kleine Fäden schossen vorwärts, an denen sie sich lang zogen. Immer Christians mittlerweile großflächig nekrotische Hand vor ihren Augen, wenn sie denn Augen hatten. Das konnte Christian nicht ausmachen, bei diesen grüngrauen Schleimbeuteln.

Die ersten Berührungen ihrer tentakelartigen Scheinfüßchen brannten schlimmer als die Berührung einer Feuerqualle. Christian kannte das, denn er berührte solch eine Qualle einmal nur leicht beim Surfen. Kaum hatten sich ihre Ärmchen an seine Wunde gelegt, zogen sie sich blitzschnell mit einem lauten Klatschen an sie und fingen an, sich an ihr zu erquicken und zu sättigen. Christian kreischte erneut.

Er ergriff eines der Schleimbeutel und versuchte es abzuziehen. Nur misslang dies. Diese Viecher mochten es ganz und gar nicht angefasst zu werden. Pulsierend blähte es sich auf und sonderte zu dessen Abwehr ein Sekret ab, das sich an der Oberfläche ausbreitete, haften blieb und dieses sogleich anfing, Christians Handschuhe aufzulösen.

Die Kuppen des schwarzen Handschuhs verfärbte sich in Windeseile von blau über grau zu weiß, um sich im Anschluss zu bräunlich bis wieder schwarz zu verfärben. Kleine Aschefetzen blätterten zu Boden. Die Handschuhe saßen zum Glück nicht besonders fest, so konnte Christian sie schnell abschütteln, bevor die Säure an seine Finger gelangen konnte.

Der Schmerz wurde immer stärker. Da fiel sein Blick auf die Lötlampe, die er auf dem Schlitten hatte und die nun mehr abseits von ihm und dem Rodel lag. Wohl wissend, dass man seinen Arm vermutlich sowieso amputieren hätte müssen, entschied er sich, diese Dinger einfach wegzubrennen. Er robbte sich zu dem Behälter und griff nach ihr und zielte aus nächster Nähe auf das Ding an seinem Arm, der angewinkelt auf seiner Brust ruhte.

„Mist", fluchte Christian. Die Lötlampe wollte sich nicht entzünden. Immer wieder drückte er auf den Auslöser. Nichts.

Nun drückte er den Hahn halb durch, ließ so bereits das Gas absichtlich ausströmen, in der Annahme, dass sich dann genug des richtigen Gas-Luft-Gemischs bilden würde können. Christian ließ das Gas weiter strömen, zielte haargenau hämisch grinsend. Die Vorfreude auf das Leid, das er diesem Etwas antun würde, malte sich plastisch in sein Gesicht.

Schlieren aus Propan waberten über dem Wesen.

Seine Augen wurden größer, der Piezozünder klickte laut, um gleich darauffolgend eine riesige

Verpuffung auszuhusten. Christian hatte vergessen, wie stark das Tuning die Flammen steigerte, erschrak dabei und verriss die Lötlampe.

Hektisch drückte er sich den Schnee in sein Gesicht. Die Augenbrauen waren dahin. Egal.

Er nahm die Schlaufe vorsichtig von seinem Hals ab und legte seinen Arm, den er nicht mehr von alleine bewegen konnte, abgespreizt in den Schnee. Christian setzte wackelig mit dem ausgestreckten Arm an, drehte zur Sicherheit sein Gesicht weg, kniff ängstlich die Augen zu und drückte erneut auf den Zünder. Als gleich schoss die Flamme wie ein Düsentriebwerk hinaus, die eher einem Schneidbrenner ähnelte und so heiß wurde, dass das Metall an der Spitze anfing zu glühen.

Wütend und mit einem unbändigen Gefühl der Macht richtete Christian die Flamme weiter auf diese Kreaturen, die sich noch immer genüsslich an seiner Hand stillten.

„Nimm das!", rief er und drückte die rot glühende Spitze der Lampe direkt auf eines dieser Viecher, das augenblicklich anfing zu Kochen, Blasen bildete und an der Kontaktstelle schwarz wurde. Es brannte sich lodernd durch bis auf seine Haut, doch Schmerzen an seinem Arm merkte er keine mehr.

Wie ein mariniertes Steak, das bereits eine Weile auf dem Grill brutzelte, nur ein klein wenig über den Punkt, das nach und nach verbrannte und karamellisierte, so süßlich war der Geruch seines eigenem verbrannten Fleisches, den er wahrnahm.

Christian brüllte lauthals.

Weiter mit erst kleinen und dann größeren kreisenden Bewegungen, brannte er ein immer breiteres Loch in den Schleimbeutel. Als es zum Ende hin dann endlich aufhörte zu pumpen und bräunlich zusammenschrumpelte, spekulierte Christian, dass es damit endlich getötet sei und nahm sich gleich das Nächste vor. Wieder fing es augenblicklich an zu kochen, vibrierte und blubberte über die gesamte Fläche. Nur diesmal explodierte das Ding mit einem lauten Plopp direkt vor Christians Gesicht und schleuderte eine schwarze Sporenwolke aus, die er unweigerlich einatmete und gleich darauf anfing, fürchterlich zu husten.

Es war ihm in diesem Moment schlicht gleich, was er einatmete. Ohne Rücksicht brannte er so jedes einzeln Beutelwesen von seinem Ärmel.

Mit Erleichterung und Genugtuung, diese Fremdkörper entfernt zu haben, schaute er am Ende auf seinem entstellten Arm. Er war übersät mit rot entzündeten Brandwunden und Blasen und kühlte diese im Anschluss mit Schnee. Nur Schmerzen spürte er keine. Entweder, weil seine Nerven mittlerweile so geschädigt waren oder diese Mistviecher eine betäubende Flüssigkeit in ihn injiziert hatten.

Wie auch immer, dachte sich Christian. Er legte den Arm in die Schlaufe, stand auf und sammelte seine verlorenen Sachen wieder ein. Kurz dachte er darüber nach, ob er alles beisammenhätte und bemerkte dabei in der Ferne das Rauschen des Flusses. Er konnte also nicht mehr weit weg sein. So zerrte er den Schlitten aus dem Schnee und zog ihn so schnell er konnte hinter sich her und zum Fluss hinunter.

***

Weiß schäumend peitschte das Wasser aus dem Berg flussabwärts. Blau-weiß und milchig, undurchsichtig rauschte es an ihm vorbei. Ab und an schoss eine Eisscholle vorüber, um kurz darauf von Baumstämmen und Geäst gejagt und gleichsam versenkt oder an den Felsen zerschellt zu werden. Kurzum, es war eigentlich unmöglich, dort lebend hinüberzugelangen. Allein, es gab für Christian keinen Weg mehr zurück, das schwor er sich immer wieder tief in seinem Herzen, um sich Mut zu machen und diesen Fluss zu bändigen.

Regungslos stand er minutenlang am Ufer, murmelte, überlegte und plante, wie er es schaffen könnte. Trocken auf keinen Fall. Unmöglich, dass er irgendwie mit seinem demolierten Arm hätte schwimmen können. Sehr breit war der Fluss nicht, doch auch wie tief er mittlerweile wurde, vermochte Christian nicht einzuschätzen. Nur fünf bis sechs Minuten gab er sich diesen Strom zu überqueren, wenn er mehr Zeit dafür benötigen würde, könnte es seinen Untergang bedeuten. Im wahrsten Sinne des Wortes.

Und so entschloss er sich soweit wie möglich oberhalb der Furt den Schlitten an einen Baum festzubinden und sich mit ihm entlang der Strömung ins Wasser gleiten zu lassen. Sein Plan war simpel, aber riskant. Er schätzte, dass er das Gurtzeug entsprechend verlängern konnte, dass es bis ungefähr diagonal und zur Mitte des Flussbetts reichen würde, bis zu einem kleinen Felsen, der aus dem Wasser ragte. Seine Kleidung würde er in die Plastiktüten stopfen, sie aufpusten und mit ihnen als Schwimmhilfe versuchen, die andere Seite zu erreichen. Was Besseres fiel Christian nicht ein.

Sollte er jedoch die Tüten verlieren oder die Kleidung nass werden, wäre es sein sicherer Tod. Der Parkplatz war nicht mehr allzu weit, aber zu weit, um ihn durchnässt oder gar nackt lebend erreichen zu können.

Lieber ertrinke ich, als noch eine Nacht hier zu verbringen, schwor sich Christian erneut. Er knüpfte so gut es ging das Schlittengeschirr an einen Stamm, zog seine Klamotten aus, stopfte alles in vier Plastiktüten, die er aus dem Camper mitgenommen hatte und warf sich seinen Rucksack wieder um. Die Tüten füllte er so gut es ging mit Luft und verknotete sie mit dem Mund miteinander und seiner gesunden Hand, sodass er sie um seine Brust und zwischen die Arme als Auftriebshilfe legen konnte.

Nackt mit den Füßen auf dem frostigen Boden, nur seine Schambehaarung bot ihm wärmenden Schutz vor dem kalten Wind stand er da, zitternd am gesamten Leib.

Christian legte sich mit dem Bauch auf den Holzschlitten und schob sich sachte und vorsichtig ins kalte Nass. Der Schlitten tauchte ins Wasser, die Eiseskälte ließ ihn augenblicklich verkrampfen. Christian jaulte auf. Ruhig schwamm er, stützte sich mit einem Stock und ließ sich von der Strömung dahintreiben.

Noch im Augenwinkel vernahm er sie, die Welle, die ihn erfasste und gnadenlos ins Wasser kippte. Panisch klammerte er sich an den Schlitten, um nicht von der Strömung weggerissen zu werden. Da spürte er etwas an seinen Zehen. Das Wasser war doch nicht so tief wie befürchtet und bemerkte dabei, dass er mit seinen Füßen auf dem Grund stehen konnte und halt hatte.

So schnell es ging, watete er zu dem Felsen in der Mitte und kletterte hinauf. Christian zitterte wie Espenlaub. Sein ganzer Rumpf war immer noch verkrampft, seine Fähigkeit klar zu denken schwand, und so hatte er keine Chance, den Schlitten von der Schnur zu lösen, um ihn weiter als Floß zu nutzen. Christian ließ hin daher im Fluss treiben, sammelte alle Kraft und klemmte sich seine Beutel mit der Kleidung wieder um die Brust und sprang ins Wasser.

Tausend kleine Nadelstiche über den gesamten Körper, so fühlte es sich an. Der kalte Fluss. Die starke Strömung schob ihn schnell weg von dem Stein. Welle um Welle klatsche Christian ins Gesicht, es blieb ihm nichts anderes übrig, als sich treibenzulassen und zu versuchen, sich in Richtung des anderen Ufers zu kämpfen. Weiter und weiter drückte ihn das Wasser abseits. Die Gefahr, endgültig weggerissen zu werden, stieg mit jeder Minute. Und so kam er nur schwerfällig voran. Doch mit jedem Schritt wurde der Fluss flacher und so bekam er mehr und mehr halt unter seinen Füßen und konnte alsbald den Fluss verlassen.

Geschafft! Er hatte das Ufer erreicht und seine Sachen noch bei sich gehabt. Er hoffte inständig, dass sie bei dieser Aktion auch trocken geblieben waren.

Der kalte Wind pfiff ihm um seinen nassen Leib und er fror fürchterlich. Seine Finger zu Bewegungslosigkeit verdammt.

Mit seinem Mund riss er die Tüten auf und holte sich ein Handtuch raus.

Trocken. Ein Glück.

So gut es ging, rieb Christian seinen Rumpf und Beine ab und zog sich so schnell wie möglich an. Nur unter Anstrengung konnte er seine funktionsfähige Hand etwas bewegen. Es war ihm immer noch saukalt und er schaffte es kaum, sich zu wärmen. Da erinnerte er sich wieder die Lötlampe. Schnell klaubte er einige kleinere und größere Äste zusammen. Stapelte sie und versuchte sie mit dem Brenner zu entzünden. Nach wenigen Minuten loderte ein kleines Lagerfeuer vor Christian, an dem er sorgfältig mehr Holz stapelte und sich etwas wärmen konnte.

Der Ruf eines Vogels über Christian forderte seine Aufmerksamkeit. Das Himmelsgewölbe erinnerte augenblicklich daran, dass ihm nicht mehr viel Zeit blieb, noch vor der Dunkelheit den Parkplatz zu erreichen. Nichts wie los scheuchte sich Christian auf. Die Bewegung wird mich schon wieder wärmen. So ließ er alles stehen und liegen und begab sich überstürzt auf dem Lauf bis zur Brücke zu folgen. Glücklicherweise war der Schnee in dieser Gegend nicht allzu hoch. Die dichten Baumkronen hielten wohl in den vergangenen Tagen das meiste ab, und so kam Christian schnell voran und konnte dabei fast schon rennen. Mit seinem eisernen Willen mobilisierte er seine letzten Kräfte. Sein Körper erwärmte sich Meter für Meter, sein Blutdruck stieg. Die Taubheit in seinen Fingern schwand.

Da war sie, die Brücke. Außer Puste, heilfroh sie zu sehen und doch erschrocken. Den Fluten nicht mehr standgehalten, war sie mittlerweile eingestürzt. Einige Stämme hatten sich noch verkantet, die Holzplanken, die noch an der Brücke waren, hingen leblos im Wasser.

Das Dämmern begann bereits. Ein großes weißes P prangte auf dem blauen Schild und zeigte noch zweihundert Meter zum Parkplatz an. Die Lunge brannte. Keuchend schleppte er sich weiter den Weg entlang. Eingeschneit und bedeckt, nur als eine seichte Kuhle führte sie weg, weg von dieser Hölle in die Freiheit.

Endlich, dachte sich Christian, als er die Wagen sah. Überglücklich aller Strapazen vergessen, stolperte er auf Samaras dunkelroten Škoda Felicia und Pauls blauen Volvo 850 zu.

Überzogen von Schnee standen sie da, eingebettet in kleine Hügel, ihre Farben schimmerten und hoben sich vom Weiß der Umgebung deutlich ab. Das Knirschen unter Christians Füßen war das Einzige, was zu hören war. Ehrfürchtig fasste Christian an den Griff des Volvos und zog mit einem kräftigen Ruck an ihm.

Verschlossen.

„Der Schlüssel?", fragte sich Christian in diesem Moment. Hatte er ihn überhaupt eingesteckt? Hatte er ihn verloren? Ihm wurde heiß und kalt zu gleich. All die ganze Mühe und dann den Schlüssel vergessen? Christian konnte es nicht glauben und wurde wütend. Voller Hass auf sich selbst durchsuchte er seine Taschen und fand - nichts.

Der Rucksack? Noch am Lagerplatz beim Fluss. Hart schlug Christian aufs Autodach von Pauls Wagen.

Das kann nicht sein, wieder und wieder durchsuchte er seine Taschen. An der Jacke und an der Hose. Er fühlte keinen Schlüssel. Seine Taschen waren einfach leer.

Mit dem Rücken lehnte sich Christian an das Auto und setzte sich in den Schnee. Die Sonne bewegte sich immer deutlicher in Richtung des Horizonts und kündigte so die baldige Nacht an. Christian spielte seine Möglichkeiten durch. Vielleicht würde er es schaffen, die Scheibe einzuschlagen und den Wagen kurzzuschließen? Doch so richtig wollte er es nicht wahrhaben, dass er den Schlüssel vergessen hatte, stand auf und durchsuchte nochmals seine Kleidung. Nur der Schlüssel blieb unauffindbar.

Vorgebeugt lehnte er sich erschöpft an das Auto.

„Also doch die Scheibe einschlagen", redete Christian mit sich selbst. „Wenigstens die Nacht im Auto verbringen anstatt im Freien." Jetzt muss er nur noch einen Ast oder Stein finden.

Er atmete noch mal ruhig durch, um Energie zu schöpfen und alles einmal zu resümieren. Doch irgendwas störte ihn. Etwas zog an seinem rechten Arm. Etwas Schweres.

Sein Blick fiel auf den schlaff herunterhängenden Ärmel, in dem sein paralysierter Arm steckte. Eine winzige Tasche am Ende des Ärmels.

Eine mit Reißverschluss.

War es möglich, dass all die Aufregung umsonst war?

In all seiner Panik und Wut hatte er an diese Möglichkeit nicht gedacht. Sein Arm taub und gefühllos, wollte ihm dabei auch keinen Hinweis geben. Christian griff an die Ärmeltasche und fühlte, dass in ihr etwas Dickes war.

Tatsächlich, der Scheißschlüssel war die ganze Zeit in dieser Tasche. Und nun erinnerte er sich, wie er sich ihn schnappte und dort hineinpackte, damit er sicher verstaut war. Volltrottel, urteilte Christian über sich selbst.

Vorsichtig drückte er den Schlüssel ins Schloss. Klackernd schoben sich die Stifte über das Profil.

Christian drehte.

Mit einem Klack, öffnete sich die Türverriegelung. Kräftig zog er am Türgriff, die Tür öffnete sich unter dem Brechen von Eis. Der Schnee auf dem Dach rauschte hinab und verteilte sich puderig über die schwarzen Polster im Wagen.

Christian setzte sich halb auf den Sitz, hielt

kurz inne, drückte sich mit dem linken Arm vom Lenkrad in den Sitz und schloss erneut für einen Moment die Augen.

Nach zwei tiefen Atemzügen öffnete er wieder die Lider, atmete erleichtert aus, zog die Fahrertür zu, verriegelte sogleich die Tür, steckte umständlich mit der linken Hand den Zündschlüssel ins Zündschloss und schaltete die Zündung ein.

Alle Kontrollleuchten leuchteten auf, keine von ihnen blieb im Dauerbrennen. Er war froh über das gute Zeichen, dass zumindest die Elektronik den Frost überstanden hatte. Er schaltete in den Rückwärtsgang und drückte auf die Bremse.

Die Bäume im Rückspiegel glühten feurig rot auf. Er drehte den Schlüssel weiter, der Motor versuchte zu starten. Mühevoll ächzte und jaulte die Zündung und versuchte in die Gänge zu kommen. Er startete nicht.

Erneuter Versuch.

Wieder drehte Christian den Schlüssel. Wiederum krächzte die Zündung, bis sie es schließlich doch schaffte, den Motor zu starten.

Die Tankanzeige stellte sich auf dreiviertel voll. Das sollte reichen.

Christian spielte vorsichtig mit dem Gas, um sich aus dem Schnee zu befreien. Die Räder drehten durch.

Immer wieder gab er Gas und drückte anschließend die Kupplung, um sich so vor und zurück zu schaukeln.

Die Räder drehten wieder und wieder durch.

Schaufelten sich durch den Grund, bis sie nach einer kurzen Weile schließlich doch Halt fassten und Christian schwungvoll und polternd über die letzte Kante des Schnees schoben. Mächtig durchgeschüttelt erschrak er und gab ungewollt mehr Tempo. Das Auto schoss in einer kleinen Kurve in Richtung der Waldkante. Christian stieg in die Eisen und rutschte beinahe eine kleine Böschung hinunter, vor der er nur knapp stoppen konnte.

Christian blieb fest auf der Bremse stehen und musste sich erst einmal kurz sammeln. Er legte den ersten Gang ein und blickte im Rückspiegel erneut auf die Bäume, die in feurigen rot eingetaucht waren. Sie wirkten unheimlich. Fast wie Hunderte Gesichter, die ihm habhaft werden wollten, ihn fangen und fressen. Christian hasste diesen Wald, diese Gegend. Als Symbol der Verachtung zeigte er seinen Mittelfinger nach hinten und trat dabei sachte das Gaspedal durch. Wieder drehten die Pneus auf dem Schnee und schafften so nur allmählich den Vortrieb.

Den zweiten Gang einzulegen war für ihn nicht trivial und so hatte Christian sichtlich Mühe dabei die Kontrolle zu behalten.

Gemächlich rollte er den Weg entlang, heilfroh es geschafft zu haben.

Vierzig Minuten später erreichte Christian die Kreuzung auf die Hauptstraße, aus der die Freunde vor mehr als einer Woche kamen.

Gott sein Dank dachte sich Christian, sie war offensichtlich einigermaßen schneefrei.

An der Einbiegung hielt er an, schaute links

und rechts. Kein Auto weit und breit.

Christian wusste nicht mehr, aus welcher Richtung sie eigentlich kamen. Das Verkehrsschild gegenüber auf der anderen Straßenseite konnte er nicht mehr sehen, denn es schien umgefahren worden zu sein. Vermutlich durch ein Schneeräumfahrzeug. Dies war Christians Vermutung. Das Auto verlasen? Nie mehr, bis er nicht wieder die Zivilisation erreicht hat.

Links führte die Straße offensichtlich dunkel und tiefer ins Landesinnere. Rechts, schnurgerade in Richtung Süd-Westen, direkt auf die Sonne zu, die bereits zu dreiviertel versunken war. Diese Straße verhieß ihm die Rettung und er entschied sich dafür, in die Wärme zu fahren. In die nächste Stadt oder zur nächsten Tankstelle, um Hilfe zu holen.

Er blinkte, schaute noch mal in den Rückspiegel. Der Weg hinter ihm im feurigen Rot eingetaucht, die Bäume glühten.

Im wiederholten Aufleuchten des Blinkers erkannte er es. Etwas stand zwischen den Stämmen, so wirkte es für Christian. Waren es seine Freunde? Die noch im Wald waren und auf ihn und seine Rückkehr warteten?

Winkten sie jetzt in diesem Moment? Winkten sie ihn zu sich?

Christian bekam Angst, er schaute kurz nach links und bog schnell auf die Straße und gab Gas.

***

Sanft lief der Motor. Christian fuhr nicht zu schnell. Nur so schnell, wie es sein Arm erlaubte. Die Ruhe und Entspannung trieben ihm die Tränen hoch, die ihm gleich seitlich runter rannen. Er musste an seine Freunde denken.

An den Absturz von David.

Seine Schreie.

Sein Flehen.

Sein Schweigen.

An das Verschwinden von Paul. Ob er noch lebte, als er das Camp verließ? Warum ist er verschwunden? Hatte er es doch irgendwie geschafft?

An Robert und Samara, wie sie elendig im Wohnwagen verbrannten. An den Geruch, an die Töne, an das panische Lärmen, das sie dabei von sich gaben. Die plötzliche und gespenstische Ruhe darauf. Das alleinige Knistern des Feuers.

An Elisabeth. Wie sie in einem Moment noch da war und im nächsten Augenblick fort. Wo war sie nur hin? Hatte sie es wenigstens geschafft? Ist sie wieder im Camp angekommen? Und wenn ja, ist sie jetzt dort ganz alleine? Vielleicht auch mit Paul?

Der Blick von Christian wurde verschwommener. Die Tränen quollen weiter aus seinen Augen. Die Straße führte glücklicherweise immer schnurgerade und direkt auf die Sonne zu, die nur zu dreiviertel untergegangen war. Die Herzlichkeit des Sonnenuntergangs gab ihm Behagen und ein erheiterndes Gefühl. Auch wenn er es sich anders gewünscht hatte und er der Einzige war, der es aus dem Wald schaffte.

Christian schaute auf die Tankanzeige. „Dreiviertel voll. Das sollte noch reichen", sprach er zu sich. Sehnsuchtsvoll schaute er in den Spiegel zurück. So zeigte dieser Christian, wie David, Robert, Paul und Samara gequetscht auf der Rückbank alberten und Späße machten.

Christian lächelte zufrieden.

Elisabeth ergriff Christians rechte Hand und hielt sie fest. Er drückte ebenfalls seine Hand sanft zu und schaute hinüber auf den Beifahrersitz und blickte in ihr lächelndes Gesicht. Ihre stahlblauen Augen funkelten ihm zu. Ihre Freude, Christian wiederzusehen, überstrahlte alles im Wagen. Sie gab ihm eine bisher unbekannte Wärme, die sich von seinem Herzchakra ausbreitete.

Aus dem Zentrum seines Körpers.

Paul kam vorgerückt und drückte seinen Kopf zwischen die beiden, klopfte und massierte Christians Schulter, so als ob er ihm für alles, was er getan hatte, danken wollte und forderte einen Kuss von seiner Freundin ein, den sie ihm unverzüglich mit Liebe schenkte. Lachend ließ sich Paul wieder auf die Rückbank fallen und amüsierte sich weiter mit den anderen Freunden.

Christian und Elisabeth hielten sich weiterhin freundschaftlich die Hand und blickten nach vorne über die Straße in Richtung des Sonnenuntergangs in die Sonne, die bereits zu dreiviertel untergegangen war, keinen Gedanken verschwendend an diese offenkundig seltsame Gegebenheit. Für ihn ganz normal wie in einem Traum.

Christian cruiste locker, drückte sich entspannt mit dem linken Arm vom Lenkrad in den

Sitz und schloss für einen Moment glücklich die Lider, um diesen einen letzten Atemzug zu genießen.

Er fühlte sich geborgen, da wo er jetzt war. Auf dem Parkplatz stehend in Blaugrau des ihm umgebenden Schnees und der Dämmerung, die bereits stückweise zur Nacht wurde. Der Volvo schneebedeckt. Die Fahrertür offen, lächelte Christian mit gefrorenem, frostigen Blick nach vorne. Seine Haut fahlblau und grau. Kleine Eiskristalle hingen an seinen Wimpern. Winzige Schneeflocken fielen aus dem Himmel über ihn und puderten sein linkes Bein ein, das noch aus der Tür hing, so als ob er gerade einsteigen wollte. Die letzte Wärme schwand aus dem Inneren seiner Seele, bis die Augäpfel zu einer Kugel froren und ihr Ende in kleinen Rissen und einem winzigen, kaum hörbarem Klirren im Eis des Auges fanden.

Sein Herz hörte einfach auf zu schlagen, als er fühlte, dass er es geschafft hatte. Und so starb Christian Andermann endgültig an seinem Ziel. Welches er so beharrlich verfolgte: dem Parkplatz. Dort, wo ihr schreckliches Abenteuer sein Anfang nahm.

Epilog

In dicken Mänteln und unter Fellmützen versteckten sich die Einwohner des verschlafenen Küstenörtchens vor der morgendlichen Februarkälte. Eisiger Wind blies ihnen um die Nase. Müde stieg die Sonne im Morgengrauen aus ihrer Nachtruhe und hüllte die Stadt in ihr rotgoldenes Gewand ein. Allmählich vertrieb sie den Nebel, der die Stadt die Nacht zuvor frostig eingenommen hatte.

Raueis hüllte Bäume und Telefonmasten in ein weißes Kleid, das grob und sanft zugleich wirkte. Gelegentlich fuhr ein Auto durch die Straßen und zog knatternd eine dicke Qualmwolke hinter sich her. Aus dem Qualm erhob sich ein kleines Café.

Ein winziges Haus. Das Dach mit dunklen Ziegeln bedeckt, der weiße Giebel trennte die grüne Fassade mit einem dicken schwarzen Balken, in der große braungerahmte Fenstern eingelassen waren, die den Blick auf dem kleinen Jachthafen vor der Tür hervorhoben, der Aufgang zur Veranda geschmückt mit einem Schild – ‚Café Liese'.

Eine besondere Perle inmitten der sonst eher in Rot gehaltenen Häuser dieser Region.

Am Hafen schaukelten, getrieben von den Wellen und dem Wind, die Jachten hin und her. Ihre hoch emporragenden Masten kreuzten sich, scheuchten die Möwen auf, die sich vereinzelt vom Wind treiben ließen und die hungrig nach etwas Essbarem forschten. Wenige hart gesottenen Kapitäne bereiteten sich vor, mit ihren Booten hinauszufahren und ihr Glück zu versuchen. Auf der Mole fotografierte ein Mann das Geschehen mit einer

Kamera und fing all diese Momente ein.

Der gelbe Seemann mit der Zigarette im Mund, der seinen Anker lichtete. Die Vögel, die scheinbar frierend mit nur einem Bein in der Kälte auf den Pfählen standen. Die Scherenschnitter der Barkassen und Schiffe im Gegenlicht der Sonne.

Abgestützt mit seinem linken Fuß am Geländer genoss er diesen Morgen. Kurz bewunderte er mit Zufriedenheit seine Kamera Canon EOS-1N, die er inzwischen so lieb gewonnen hatte. Er schwang den Apparat über seine Schulter, ging zur Ecke, kaufte sich an einem Kiosk die Morgenzeitung und lief hurtig über die Straße auf das kleine Café zu. Jung und energiegeladen hüpfte er die drei Stufen zur Veranda hoch und trat hinein. Ein helles Klingeln erfüllte den Raum, als die Tür in das kleine Café aufgestoßen wurde.

Die Messingglocke hing bereits schräg über der Eingangstür. Das Holz des Türrahmens hatte längst die sichtbaren Spuren der Zeit angenommen, so wich die grüne Lackfarbe blätternd allmählich einem grauen Holz.

„Guten Morgen Liese", begrüßte der Gast beim Betreten die Inhaberin.

„Guten Morgen Emil", antwortete Liese gleich darauf zurück. „Kaffee?"

„Ja gerne", erwiderte Emil mit einem Lächeln, setzte sich an seinen Stammplatz und legte seine Zeitung direkt auf dem Tisch.

„Frühstück wie immer?", fragte Liese ihren Gast, als sie den Kaffee an den Tisch von Emil brachte.

„Ja, wie immer", antwortete Emil wortkarg, trank einen kleinen Schluck aus der Tasse, griff seine Zeitung, die er mit lautem Rascheln aufschlug und fing an, in ihr gezielt zu blättern. Mit übergeschlagenen Beinen rührte Emil gedankenverloren in seinem Kaffee und taxierte aufmerksam die Überschriften der Artikel, nachdem Liese das Frühstück serviert hatte.

‚Noch immer keine Spur der vor einem Jahr vermissten Reisegruppe‘, war die Überschrift, von der er die Augen nicht mehr losbekam.

‚... fünfzig Kilometer südlich ihres letzten bekannten Aufenthaltsortes wurde ein Volvo in einem See der seit 1996 vermissten internationalen Touristen gefunden ... Es gibt Ähnlichkeiten mit einem Vermisstenfall von vor acht Jahren, bei dem der Rucksack von Sarah Galler Monate später in der Nähe der Svjedson-Schlucht gefunden wurde ...‘

Bei dem Namen Sarah Galler fingen Blitze vor seinem inneren Auge an zu zucken. Erneut wurde er an diesen Ort katapultiert. Erinnert an seine Rufe. Die Aufforderung, dass Sarah aus dem Anhänger fliehen sollte. Die Panik in ihrem Gesicht, die Schreie. Danach die schmerzhafte Umschlingung, das Ziehen und Zerren an seinen Gliedern. Wie er Meter über dem Boden hing. Sein flehen, sein Verhandeln.

Dann der rettende Vorschlag. Er hätte die Möglichkeit, ihren Hunger, ihr Verlangen zu stillen. Ihnen regelmäßig Nachschub zu besorgen. Wie er den Plan aus dem Ärmel schüttelte. Ihn vortrug.

Die Minuten, die ihm unendlich vorkamen, während sie vergingen, bis sie eine Entscheidung trafen.

Der Stich am Nacken, dieses Brennen danach, um zu kontrollieren, dass er seine Zusage auch einhielt.

An all jenes wurde er erinnert, bis unerwartet die Tür mit einem lauten Klingeln aufgestoßen wurde.

Emil fasste sich reflexartig an seinen Hals, fühlte die Narbe der Verkapselung. Wispernde Stimmen drangen in sein Ohr, widerwillig fixierte er dem offensichtlichen Rucksacktouristen, der sich in dem Laden suchend umsah. Als er kurz darauf Emil entdeckte, ging er zielstrebig auf ihn zu.

„Sie müssen Emil sein?", fragte der Fremde und stellte sich ihm vor. „Ich bin Maurice. Maurice Regal. Ich hatte Sie gestern aus Stockholm angerufen.", plapperte Maurice ohne Pause im Anschluss in seinem französischen Dialekt gleich weiter und reichte Emil zur Begrüßung die Hand.

Emil faltete bedacht die Zeitung und legte sie verstohlen unter den Tisch auf einen Stuhl neben sich. Mit einem höflichen Andeuten, das er von seinem Stuhl aufsteht, erwiderte er den Handschlag von Maurice.

„Ja stimmt", sagte Emil freundlich. „Stockholm sagst du? Dann musst du ja sehr früh losgefahren sein." Emil war erstaunt. „Das sind mehr als sieben Stunden Fahrt hier raus. Ich hatte dich erst am Nachmittag in unserer schönen kleinen Stadt erwartet", fuhr Emil aufmerksam fort. „Übrigens, ich bin Emil. Wollen wir beim Du bleiben?", bot er Maurice darauf an.

„Gerne doch! Meine Freunde und ich konnten es kaum erwarten und sind daher bereits in der Nacht losgefahren."

Maurice wurde sichtlich unruhiger und verbreitete den Eindruck, schnell weiterkommen zu wollen.

„Ich würde mich ja gerne noch unterhalten, nur meine Freunde warten im Auto und wir wollen gleich weiterfahren", drängte Maurice zur Eile.

„Oh gleich weiter?", fragte Emil überrascht, „dann müsst ihr euch aber ranhalten, es ist noch ein sehr weites Stück zu fahren", wies er Maurice auf die Länge der Strecke hin.

„Schlüssel gibt es keine. Da draußen kommen sowieso keine Einbrecher und wenn, ist es besser, dass sie so reinkommen können, ohne die Wohnwagen zu beschädigen", ergänzte Emil mit einem Grinsen auf den Lippen.

„Vor dem Winter hatte ich noch das Gas aufgefüllt. Das sollte locker für zwei Wochen reichen. Aber so lange wollt ihr ja sowieso nicht bleiben, wenn ich mich recht erinnere." Emil lacht herzhaft los. Die Art, wie Emil lachte, irritierte Maurice. Irgendwas behagte ihm nicht.

„Großartig", freute sich Maurice zurückhaltend. „Nur das lange Wochenende."

„Hier ist eine Karte, auf der ich die Camper

markiert habe", sagte Emil und drückte Maurice eine Faltkarte in die Hand.

„Ihr müsst die E4 weiter, dann bei Skelleftea auf die Autobahn Richtung Nationalpark und dann hier Richtung Norden abbiegen. Nicht weiter zum Nationalpark", ermahnte Emil. „Dann noch gut eine halbe Stunde fahren und links auf diesen Forstweg einbiegen." Emil zeigte dabei auf die Karte. „Sie sind direkt hinter diesen Hügeln. Ihr müsst nur der Straße folgen und wenn alles klappt, seid ihr in ungefähr fünf Stunden da."

Maurice hörte Emil aufmerksam zu, holte danach einen Briefumschlag aus seinem Rucksack und drückte ihn Emil in die Hand.

„Hier wie besprochen die Anzahlung."

Emil schaute in den Umschlag, blätterte fix durch die Geldscheine und schob ihn im Anschluss in seine Gesäßtasche.

„Passt", antwortete Emil lapidar.

„Wunderbar!", strahlte Maurice, winkte mit der Karte zum Abschied und ging begleitet von Emil zur Tür.

„Ich wünsche euch erholsame Tage da oben", rief Emil, während er in der Eingangstür stehen blieb und sich an die Zarge lehnte. Knatternd fuhr die junge Gruppe mit ihrem Kleinbus davon. Mit den Händen in den Hosentaschen schaute Emil ihnen noch hinterher, als sie bereits aus dem Sichtfeld verschwunden waren, ging danach wieder hinein, setzte sich an den Tisch, legte erneut seine Beine übereinander und schlug die Zeitung erneut kräftig auf.

,... *vermutlich beim Wandern abseits der Routen in der Wildnis verirrt und tödlich verunglückt* ...', las Emil an dem Artikel gespannt und schlürfte genüsslich und verschmitzt weiter und weiter an seinem Kaffee.

Zeitfracht Medien GmbH
Ferdinand-Jühlke-Straße 7
99095 Erfurt, Deutschland
produktsicherheit@kolibri360.de